中公文庫

随筆　ふるさとの味

森田たま

随筆　ふるさとの味

目次

随筆　ふるさとの味

お重詰

新聞社の人がきて、味覚の記事を書くについて諸家の意見をたずねている。あなたはどんなたべものが好きかときかれた。

どんなものが好きかって、私はきらいなものが一つもないのですと答えると、若い記者氏はいささか当惑した様子で、それでも、肉とか魚とか、どちらかあるでしょう。

それなれば断然肉の方がよいけれども、主人が魚好きで、毎日、肉と魚とかわりばんこの献立なので、肉だけでよいと云っているが、もし、全部が肉ばかりで一ケ月つづいたとしたら、魚はいらないという自分も、さっぱりした鰈《かれい》の煮付などというものを、たべたくなるにちがいない。世帯を持ったはじめは、子供もいなかったから、四月から五月へかけてのお昼のおかずに、毎日あいなめを酒、さとう、うす醤油で煮たものを、一ト月間、一日も欠かさずたべた。そうしてそのつぎはぜんまいの煮たの、それから梅干しとおたくあんの刻んだの、いずれも一ケ月ずつ続いている。

その頃は、ビフテキとかカツレツとかいうものは、好まなかった。せいぜいハムぐらいなところであった。ナイフを入れると、中からじゅっとあかい血のにじみ出すようなビフテキを好きになったのは、戦争のあとからで、おいしい醤油や酢がなくなったため、すべての材料を殆《ほとん》どなまのままでたべる習慣がついたのだった。ビフテキは、塩と胡椒をふるだけで、実に簡単なものだから、材料さえよければ、下手が焼いてもたべられる。欧羅巴《ヨーロッパ》へ行った時、おいしいビフテキにめぐりあわないで、日本をなつかしく思った話をしたところ、私はパリのビフテキの方がおいしいと思いましたというお方があった。よく伺ってみると、そのお方はウエルダンという、よく焼けたのがお好きで、ドイツ風のなま肉のステーキなど、とてもとてもと眉をひそめられる。あれもなかなかおいしいものですと云ったら、森田さんは悪食家ですねと、一そう眉をひそめられた。

人はだれでも、たべなれたものが一ばんおいしいという事になるのであろう。このあいだある雑誌を見たら、村松梢風《むらまつしょうふう》さんが、私が日本の紅茶は世界一だという放送をしたのは困ると指摘しておられた。このまちがいは、そのあとすぐ村松さんにお眼にかかって、訂正して頂くことになったが、私は日本の何々紅茶が世界一おいしいなどと云ったおぼえは毛頭ないので、どうしてそういう放送があらわれたのか、わけが分らない。

紅茶の話をしてくれとたのまれてしゃべったのは、私が紅茶が好きで、毎朝レモンもミルクもいれないうすい紅茶を、番茶のようにモーニングカップに二杯もガブガブ飲むこと、したがってそれはリプトンでなければ困ること、ところが欧羅巴の安ホテルやカフェなどでは、リプトンを飲ませてくれず、まずい紅茶で閉口したが、日本へ帰ってきて、やっとわが家のリプトンにありつき、しみじみおいしいと思ったことで、日本人はたべものに贅沢で、リプトンなどどこでも飲ませるが、外国はそうでないという話である。

外国のたべもので、特別おいしいというのではないが、毎日たべていて飽きず、いまでもときどきたべたくなるのは、丁抹《デンマーク》のスメヨーボという、カナッペである。パンの上に三十幾種類のオルドウブルの中から、好きなものを選んでのせてたべるので、泊っていたペンションのおひるは毎日これで、そういう安ホテルでも、十幾種類は出た。生鰊《にしん》の酢漬に玉ねぎを添えたもの、卵をのせたハンバーグステーキ、白身の魚のフライ、アスパラガスの茹でたてをナプキンでつつんで出してある。きゅうりの甘酢、レバのペーストト、さまざまなチーズ、たまにはパンにチーズをのせて、オーブンで焼いたのも出てくる。実にうまい。

どうも私は、いろんな味のものを、いちどきにたべるのが好きらしいですねと話しているうちに、やっと、おべん当が一ばん好きだということに気がついた。殊《こと》に汽車のおべん当が好きで、むかしはときどき赤羽あたりまで買いに行ってもらったりした。子供のとき、お正月は父の宴会が毎晩あって、毎晩折詰をさげて帰ってくる。その中の料理を母があくる日細かく切って、お雛菓子のようにおべん当に入れてくれるので、とりと三つ葉のはいった玉子やき、キシキシいうかまぼこ、とりのたたきをまるめて揚げて、甘からく煮たもの、きんとん、ほしぶどうの甘煮。……

かぞえてゆくと、これはお正月の重詰料理であることに、ふたたび私は気がついた。いくつになってもお正月が待たれるのは、あの煎詰のふたをとった時の、美しい色の調和と、味のとりあわせが、眼と舌をよろこばせてくれるからである。重詰料理こそは、日本料理の真髄ではないであろうか。

しらうお

二月は白魚の卵とじ、うぐいす菜のおひたし。

むかしの人はそんな献立で、冴えかえる早春の食膳をたのしんだものらしい。そういう自分も、四十年前、はたちの頃はこんな風の淡白な食味をよろこんで、ビフテキ、カツレツなど、女のたべるものではないと思っていた。ほっそりとした柳腰、白魚のような指を持つことが、その頃は美人の条件の一つとなっていた。

美人の標準がかわるにつれて、たべものの嗜好も変る、……あるいは、たべものの流行が変ってきて、美人の標準もかわるのであるかもしれない。戦後は白魚の指を持つ美人など、どんな深窓にも見かけることはなくなった。もっとも戦前でも、私は日本で、そういう美人を見た事はない。昭和十八年、海軍報道班員として南方へ行った時、ジャカルタの海軍武官府にユーユというインドネシヤの娘がいて、私もわざわざ見に行ったことがあった。

いま、若き哲学者として令名高き鶴見俊輔《つるみしゅんすけ》氏が、当時ユーユとおなじ武官府につとめていて、彼女を世界一の美人だと推称した噂さがたっていた。そのため、私と同行した伊東深水《いとうしんすい》画伯も、彼女をモデルにしてスケッチなどした。

ユーユはまったく、すんなりとしたからだつきで、サロンをまとった腰のあたりに、花のひらいてゆくような色気がただよっていた。そうして、色の黒いことがかえって一種の妖しい美しさ、神秘とか、ひそめた情熱とかいう言葉を思い出させたが、白魚のような感じはなかった。私は心の中で、しらずしらず、昭和十四年の秋、上海《シャンハイ》で見た、中国の美人と比較していた。

おととし、駆け足で欧羅巴をまわってきて、思ったほど美人がいなかったと云ったので、男の人たちの心証をわるくしたが、私の潜在意識はやはり、すきとおるような、もろく儚《はか》ない美しさを求めていたのであるかもしれない。そうして、そういう思いのかげには、上海で見た佳き人の面影があったのかもしれないと、いまごろやっと気がついている。宝玉という言葉があるが、上海の佳人は、宝玉とよりほか形容のできない美しさを持っていた。

共同租界のパークホテル。前にひろびろとした競馬場があって、ひるはその芝生の緑が、すがすがしく眼にしみた。ホテルの十四階はひろいホールで、天井はゆるやかな円を描き、総硝子で、夜は天体がそのまま見える。電灯を消して、各自の卓上にちいさなろうそくをたて、仄かなあかりをたよりに、食事をし、酒を飲み、ダンスをする。星が眼近く、身は空中にある心地がする。

ダンスが終った時に、ぱっと電灯がつく。その、白昼のように明るくなった光の中に、私は中年の外国人にいたわられて席へ着く、一人の美女を見たのであった。としはまだ二十歳そこそこ、中国流に云えば、正に芳紀二十歳の匂うような美しさで、ゆるやかにウェーヴのかかった髪を、あたまの上につかね、その髷《まげ》のまわりを、こまかな花の環でかざってあった。

すきとおるように色が白かった。楚々《そそ》として、嫋々《じょうじょう》として、むかしの絵からぬけだしてきたかと思われるばかりである。花もようを描いたどんすの服が、すいつくようにぴたりと身について、外人と踊るところを見ていれば、そのほっそりとしたからだは、手折られれば、折れるのでなく、あくまでしなうという感じで、細いからだの中に、やわらかな抵抗が感じられ、きめのこまかな指先きは、あぶらがのって、なめらかだった。

忘れられない。アメリカ人かイギリス人か、相手の外人はその美女を、いつもいたわりつつむように、貴重な宝玉のように扱っていたが、私が男であったら、やはりあのすきとおるうなじに、ただ一度のくちづけを得るためには、どんな苦労もいとわないであろうと思う。自分の生涯にあれほどの美女を見たことは、あとにもさきにもない。文字どおり深窓の佳人であった。

女と魚は、人生の波間をくぐりぬける態度に、相似点があると見え、白魚のようなとか、若鮎のようなとかたとえられるが、ともに川の魚であるのは面白い。去年の春、福岡へ行ったら、川のほとりの何とかいう料亭で、白魚のごちそうが出た。

生きて、水の中でピチピチ泳いでいる白魚を、網杓子でしゃくって酢醬油の中につけ、苦しがってはねるところを、するりとのどへ流しこむのである。その、のどのところをするりとおる感触が何とも云えないというのであったが、私は生きながら地獄の底へ吸いこまれる美女を見る心地がして、はじめのうちどうしてもそれを口へ入れる決心がつきかねた。だが、かくては御亭主役の好意を無にすることになる、頂きましょうと同行の芹澤光治良《せりざわこうじろう》さんの発言に、みなみなおそるおそる口へ運んだ。嚙まずにすっとのどへながしこめばよいとの事だったが、思わずサクリと嚙んでしまった。爽やかな歯ごたえがした。

実に残酷だと思いながらも、そのしゃりっとした歯ざわりはあとをひき、小皿にいっぱいの白魚を遂いに平げてしまったが、私たちは日常にもっともっと残酷なくらしをしているので、白魚の踊り喰いによせた感傷など、実に些々《ささ》たるものであるかもしれない。スペインで闘牛を見た人は、当分牛肉がたべられなくなるという話だけれど、それとて時がすぎればまた以前のとおり、血のしたたるビフテキを、何の感傷もなく、ただうまいと思ってたべてしまう。人間、生きんがためには、どんな残酷なことでも、平気である。

一般に、菜食主義者は仏心あるが如く思われているけれど、そうでもない。植物にも生命はあり、人間に理解されずとも、彼等は彼等同志、痛い、苦しいの感情はあるかもしれない。

ビフテキなんて、あんな野蛮なものはない。肉のかたまりに塩胡椒して、じゅっと焼くだけのことじゃないの、あんなもの料理でも何でもありゃしないと軽蔑していた自分が、戦後は毎日のようにビフテキをたべて飽きない。戦争ちゅうから、だんだんおいしい醬油がなくなって、酒の味も落ちてしまって、白魚の卵とじなんてしゃれた料理は、思い出の中に遠くかすんでしまったのである。東京でもむかしは、大川端ですきとおる白魚が、網にかかったときいているが、ああ、明治は遠くなりにけり、白魚をビフテキにかえて、いたずらに肥えふとり、いのち長らえているのも浮世である。

白魚のすきとおる二月は、日本の女の上にもうかえらない。

さざえ

春でおぼろで御縁日、……

ふっとそういう文句が口をついて出ると、つづいてすぐ、さざえ、蛤《はまぐり》があたまに浮ぶ。四十年むかしのことだとしみじみ思う。

泉鏡花《いずみきょうか》の「日本橋」という芝居を見たのは、いつであったろうか。大正三年か四年ごろであったような気がする。本郷座で、当時帝大文科の学生たちの、総見のようなものがあって、私もそういうお仲間の切符で行ったような気がするけれど、よくはわからない。江口渙《えぐちかん》、林原耕三《はやしばらこうぞう》、後藤末雄《ごとうすえお》などという人が、やはり学生で来ていたように思うが、それもちがっているかもしれない。四十年むかしの記憶は、はげた写し絵のようにおぼろである。

花柳章太郎《はなやぎしょうたろう》が、お千世というおしゃくになった。ういういしい可愛いいおしゃくで、その人が自分とおない年だというので、一そう深く心に残った。後年、花柳さんの書かれたものを読んだら、その時彼は、自分のお金で半えりを買ったというような事が出ていて、なつかしい心地がしたおぼえがある。喜多村緑郎《きたむらろくろう》がそのお千世の姉芸者、稲葉家お孝という主役で、お雛さまに供えたさざえと蛤を、大川へ流しに行く。一石橋の橋のたもと、そこでかねてから岡惚れしている葛木という男、自分の先輩清葉《きよは》という芸者の恋人とゆくりなく会って、

春でおぼろでお縁日、……これで出来なけりゃ、……

というような名せりふを吐くのだが、かんじんのそのせりふを、私は忘れてしまった。だが、北海道の札幌《さっぽろ》から出てきてまもない、田舎《いなか》ものの私には、実のところ、そうした芸者の恋物語や、洗錬されたせりふのやりとりなどよりも、春のおぼろ夜に、雛に供えたさざえ蛤を川に流しに行くという行事の方がいかにも珍しく、これが内地かと、身にしみて思ったのであった。三月三日、ふるさとの町はまだ吹雪《ふぶき》である。桃の花だけは内地から送られてくるけれど、桃いろの花びらはかじかんで、皺がよって、そとの吹雪をおそれるように、青い枝にしがみついている。

春でおぼろでお縁日、……

吹雪の町におぼろ夜もお縁日もなく、そうしてさざえも蛤も、北海道にはなかった。

「日本橋」の芝居の中で、北海道から出て来た、熊とよばれる男は、お孝の色香に迷って身をほろぼすが、女の私は幸いにも、内地の女に迷うことはなく、ただ、さざえの壺焼というものにだけあこがれた。あわび、ほっき貝、帆立貝、……ふるさとのそれ等の貝と、見つきからしてまるでちがうさざえは、どんな味がするのであろうか。

さざえの壺焼は、片瀬《かたせ》の江の島まで行けば、いつでもあるときいたが、わざわざそこまで食べに行く折もなくて過ぎるうちに、たぶんいつの年かの雛の節句に、さかなやが持ってきたものであろう。私はさざえの味を知った。そうしてそれは、期待に反して、うまいというよりむしろまずい方の部類にはいるようなものだったが、ふしぎな事には、いつ、どこでそれを食べたのかすこしもおぼえがない。東京の暮しも何十年という、苔の生える月日となり、雛の節句のくる度、さかなやの店頭に、さざえのいかめしい殻を見ぬことなけれど、それを料理して喰べようと思ったことは一度もない。ほっき貝、帆立貝の方がはるかにうまいと知っては、おのずと興味もうすれたのであろう。

それなりに歳月はながれて、あれは昭和の十六年ごろ、三月はじめのある宵だった。私は築地の八百善《やおぜん》に、二三の人を招いて食事をしていた。寒い夜で、二三日前に降った雪がまだとけず、窓のそとではカサコソと、竹の葉らしいものが、ひそかな音をたてている。障子をひらいて、その音を見極める元気もなく、……というのは、庭のけしきを眺める気も動かぬほど、寒さにいじけて火桶にすがりついていたのだった。

そんな風だったから、運ばれてくる料理を、しみじみ味わう余裕もなくて、お客はひたすら盃をふくむことにのみ忙しい。これはあたたかい鍋ものでもたのんだ方がよかったかなと、亭主役の自分がいささか気をもんでいたところへ、何気なく出された一ト皿、いわゆる八寸に相当するものであろう。酒の肴に適当な三品ほど盛りあわせた中に、何かの貝をうす味で煮て、とろりと酢みそをかけたのが、はっと眼がさめるようにうまい。……酢は寒いものなのに、寒い部屋の中でかたまっていた神経が、ほっとそれでときほぐされたように、いきいきと動き出して、私ばかりではない、みんなが口を揃えて、

「やあ、これはうまい。……」

と云う。

「この貝は何でしょう」

誰にも判らないので、給仕の女中さんにたずねると
「さざえでございます。……」

あっと思った。

そう云えばたしかにどこか、磯の香がする。あわび、ほっき貝、帆立貝、どれにもない歯ざわりと、ほのかな甘さ。さざえは壺焼にするものとばかり思っていたら、こうい

う料理もあるのだった。田舎者の自分は、町のさかなやの下手な壺焼をたべさせられて、さざえはまずいと思いこんでいたわけで、八百善のこの酢みそにめぐりあわねば、一生、さざえはまずいと思って死んだにちがいない。さざえに相すまない。

春でおぼろでお縁日、……

ひたすら内地にあこがれていた自分は、やがてまたヨーロッパにあこがれ、四十年経って念願がかなって、やっと行ってきたけれど、表通りを素通りしただけで、おいしいものは何もたべずに帰ってきた。町のさかなやの、さざえの壺焼ばかり喰べてきたわけである。日本の中でも八百善のさざえにめぐり会うには二十数年かかったが、私はもう一度それを探しに、欧羅巴へ行きたいと思っている。

さくら餅

歌舞伎《かぶき》俳優九朗右衛門《くろうえもん》のお母さん寺嶋《てらしま》夫人と、延寿太夫《えんじゅたゆう》のお母さん岡村《おかむら》夫人と、待合《まちあい》喜代龍《きよりゅう》のおかみ福原《ふくはら》さんと、それから茶道指南の土川《つちかわ》さんと、いずれもむかしの絵はがき美人で、しかもいまなお若々しく美しい人たちのあいだに交《まじ》って、松戸《まつど》の萬満寺《まんまんじ》というところへ出かけて行った。どうして無粋な私がそんな中に交っていたかというと、これは裏流の老分、堀越宗円《ほりこしそうえん》女史を中心にした仲間なので、べつに茶会とはかぎらず、地唄、長唄、踊の会と、よく一しょに出かけるが、この時は茶会であった。博物館の田《た》山方南《やまほうなん》氏が、萬満寺の庭で野点《のだて》の席を持たれる、それに招かれたのである。

東京から自動車で行った。四月の二十日すぎで、花は散ったが、残りの八重ざくら、または葉ざくらの清新をたのしもうというのであろうか、この日、松戸までの電車は満員で、茶会の客が袖《そで》をひき千切られる混雑だったそうである。晴天に恵まれ、初夏の陽気で、自動車の中もむされるような、あたたかさを通りこして汗ばんでくる。むかしはほっそりと、涼しげだった美人たちも、いまはふくよかに豊かだから、自動車の中はぎゅうぎゅう詰めで、身じろぎ一つ思うにまかせぬほどなのに、寺嶋夫人はその膝に一尺あまり長方形のふろしき包みをのせて、自動車の揺れるたび、まるでこわれもののようにそれをいたわっている。

あんまりふしぎなので到頭きいてみた。

「寺嶋さんの膝の上のもの、なんです」

「携帯ラジオ、……」

「へえ。……」

茶会と携帯ラジオと、どういうつながりがあるのか、一そうふしぎに思われたけれども、まわりの人がみんな当然という顔つきをしているので、この上の探索は止めにしようと口をつぐんだ。私はよく、自分に関係のない事を、根ほり葉ほりきくくせがあって、それは日本人のわるいくせだといましめられたので、なるべく質問はやめるように気をつけているのだが、しかしどうも気になっていけない。

田山さんの野点席は、本堂のうしろの、梅林の中に緋毛せんを敷いて、紅白のだんだら幕がめぐらしてあった。梅の梢《こずえ》に短冊をさげ、その樹蔭に茶飯釜がかけてある。茶わんはくつわ型のしょんずい。お釜のふたおきが、中国のおせんべいの焼型であったか、何か珍しいものだったのに、いまははっきりおぼえていない。梅の花はとうの昔散りつくして、葉がくれに青いちいさな実がちらちらしていた。涼しかった。

この時のことを、後日私はいわゆる中間小説の中に書いて、まあ、ほんとうにあったお話みたいという評を受けたが、重菓子のいれものに魯山人《ろさんじん》の織部《おりべ》の鉢が出て、それを、魯山人ですねと云った私がほめられた話など、事実あったことなのである。これは席へ入りがけに、ちょっとお水屋をのぞいたら、そこに魯山人の箱がおいてあったので、すぐそれとわかったので、私の眼がきいたのでも何でもない。魯山人はよろしいですなあと感嘆したお客に、亭主の田山さんが、いまに国宝ものですと答えたことも、私は小説の中に書いた。

しかし、それからあとの話は、今日書くのがはじめてである。

田山さんのお席を出てから、本堂でおときを頂いて、それからまた一同、ぞろぞろとくるまに乗って帰りがけ、これは向島をとおるのでしょう、長命寺のさくら餅を買って帰りたいと云うと、はじめっからそういう事にきまってるんですよと土川さんに注意され、なるほど、さくら餅は自分よりも、ほかの人たちの方がもっと縁が深いのだろうと気がついた。

八年前、まだ鎌倉山にいた頃、ある年のお正月に、突然、長命寺さくら餅という年賀状をもらったことがある。

向島長命寺さくら餅とペンで書いてあるだけで、誰のいたずらであるかもわからない。三月末、わが家でひらいた句会でそれが問題となり、たしか河合嵯峨さんであったろうか、

長命寺さくら餅のうはさなど

という句をよまれたりした。つめたい雨がふって、花冷えの日であったが、さくら餅

のうわさで私たちは、あたたかい春を感じたものだった。私は桜の葉につつんだ、あのうすくれないの餅が大好きで、東京にいた時は、いつも春の食味の一つにかぞえて、向島から持ってきてもらったものだが、戦争から戦後、大船の山の奥にひっこんで、久しくさくら餅の香を嗅いだこともなかった。句会の日もお菓子は手製のスイスロールか何かで、季節の感じはなかったのである。

萬満寺のかえり、さくら餅の店へよるという事は、何となく浮き浮きとしたたのしさであった。私はその店へよるのは初めてで、戦災で焼けたのかどうかもしらないが、さっぱりとした店の中に床几《しょうぎ》がおいてあって、そこに腰かけて、隅田川のけしきを眺めながら番茶をふくめるようになっている。めいめいが注文した土産《みやげ》の籠は、すこし時間がかかるというので、私たちは床几に腰かけて、出来あがりを待つことにした。

寺嶋さんが、大切そうに携帯ラジオをとり出して床几の上へおいた。

「ちょうど時間がよかったわね」

「よかったわね」

と他の人たちが云う。何がはじまるのかと思っていると、やがてラジオの中から流れ出したのは、歌行燈《うたあんどん》。……泉鏡花のその芝居を、九朗右衛門が、アメリカから帰ってまもない九朗右衛門が、ラジオの中で演じているのだった。お母さんの寺嶋夫人は、両膝にきちんと手をおいて耳をすましている。携帯ラジオの謎のやっととけた私も、思わず膝を正して耳をすませたが、私にはラジオからきこえるせりふよりも、寺嶋夫人の姿の方がしみじみと心にしみた。さくら餅と母の情、……四月がくるとそれが思い出される。

あくまき

九州の鹿児島《かごしま》というところへ、はじめて行ったのは、一昨年の春であった。行く前、座談会で東郷青児《とうごうせいじ》さんにお会いしたら、鹿児島では絶対に、鹿児島料理以外たべてはいけないと念をおされ、それから、山形屋《やまがたや》という町一番のデパートの御主人に、紹介状を書いて下すった。

日本銀行のなかの、貯蓄推進会とかいうところから講演をたのまれたので、私は借金には縁がありすぎて困っているけれど、貯金には何の関係もない人間だからと、極力辞退したところ、貯蓄に関する話はその土地の支店長がいたします、あなたはただ人よせのために行って下さればよいと、何の事はない、招き猫の役目で出かけた。鹿児島の支店長御夫妻がお待ちしていますと云われたけれど、勝田さんというお名前に心あたりなく、それでは戦時ちゅうジャワの武官府にいらした方かしらなど、首をかしげながら出かけて行った。

三月の末であったか、四月のはじめであったか、とにかく桜の咲きだすころで、鹿児島の鶴丸荘という宿屋で、私を待っていてくだすったみめ麗わしき支店長夫人は、あらまあ鈴子さんと、十三年ぶりの久闊《きゅうかつ》を叙《じょ》した、金富町《かなとみちょう》の岩崎家の一ばん末のお嬢さんだったのである。あなたはたしか北京《ペキン》へお嫁に入らしたと思っていたのに。ええそうよというような応答に、たちまち旅のしこりもとれて、今夜はここで鹿児島料理をごちそうしますと、プランもきまっていた。

しばらくすると女中の案内で、柳腰という昔の言葉が、ピタリとあてはまるような夫人がはいってきた。東郷さんから紹介された山形屋デパートの持ち主、岩元さんの令夫人であった。勝田夫人は黒のスーツに、黒い瞳が眼のそとへはみ出すかと思うほど、エキゾティックな美貌の持ち主、岩元夫人はうす藤いろの、春の着物がしっとりとまつわりつくようで、ほそい鼻すじがきりりと顔をひきしめて、まったく描いた画の中からぬけ出してきたような人だった。御家老のお孫さんで、かつてのミス鹿児島であったときけば、美しさも当然の事ながら、四十すぎてなおかつ、かくもおとろえぬ美貌もあるものかと私はつくづく見とれた。いずれ劣らぬ花あやめ、思いがけなく二人の美人を前にして、私は眼の果報をよろこびながら、鹿児島料理を味わう仕合《しあわ》せを得た。トンコツという料理。豚の骨つき肉をぶつ切にして、ぐつぐつと味噌味で煮こんだもの。こんにゃくとごぼうがはいっていて、肉よりも野菜の方がおいしい。さつま汁、豚のかく煮、それから呼びものは鹿児島ずし。

おすしと云っても酢は使わない。ひろぶたのような浅いすし桶に、御飯と、季節の野菜、ふきや筍やその他いろいろ入れて、鯛のそぎ身を必ず入れて、上からどぶどぶと鹿児島の地酒をかけて、ふたをして押しをする。この地酒というのは味醂《みりん》のようなあまいお酒で、焼酎ではない。で、このおすしに重しをしておくと、お酒がまんべんなくまわって御飯がすこし黄いろくなる。そこで食卓へすし桶ごと持ち出して、めいめいが好きにとってたべるのだそうである。鯛のうしおのお椀がつくというところから推すと、花見から青葉の頃へかけて、鯛の一ばんよくとれる季節のお料理のような気がされる。

むかしはおすしが漬かると、各自の家でよんだりよばれたり、大ぜいがあつまって、たらふくたべて、満腹すると寝ころんで、また起きてたべてという具合で、春の日永をのんびりとたのしんだものだそうである。岩元夫人はお料理のことも特別委《くわ》しく、トンコツの野菜の切り方、おなじくさつま汁の野菜の切り方にも、きちんときまった形があるのだという話などされた末、これで食後のあくまきがあれば申分ないけれど、あくまきは五月のお節句につくるものだからと云われる。私はおすしに酔って、うとうと眠気ざしていたのが、清冽な清水を浴びたようにはっとなって、ああ、あくまきと思わず叫んだ、

「ご在じですの」

「ええ、知ってるの知らないのって、……あんなおいしいものありませんわ」

もう十七八年もむかしのこと、世田谷に住む中江百合さんというお料理の名手が、はじめて私にそれを教えて下すった。ふきや筍を入れた散らしずしに、鯛のうしお、苺《いちご》とあくまきを世田谷の奥から牛込矢来《うしごめやらい》まで、自動車で運んで来られ、私の部屋で一しょにおひるを頂いたが、季節は五月、中江さんは紺のやわらかい絹セルに、深いお納戸の無地の袋帯をしめ、富本さんの陶器の帯止めをしていらしたと日記に書いてある。湖水のように澄んだ眼をした人だと書いてある。まつげがパチパチとまきあがって、ろしあの幼女のようにあおいつぶらな瞳だと書いてある。東山千栄子《ひがしやまちえこ》さんのお妹さんだから、美しいのは当り前。

それからあくまきが病みつきとなり、代々木かどこかにさつま家という家があったの

で、しょっちゅうそこから届けてもらったが、戦争以来もはや久しく、あくまきは口にした事がない。

「それじゃ五月につくったら送ってあげましょう」

「ええありがとう。しかし五月には欧羅巴へ出かけるかもしれません」

「では来年の五月。きっとお送りしますよ」

欧羅巴へ行って帰ってきて病気をして、あくまきの約束はすっかり忘れていた去年の五月、鹿児島の岩元夫人から小包がとどいた。何かしらといぶかりながらあけてみると、あくの色がべっこうのようにすきとおったあくまき。黄粉《きなこ》もちゃんと添えてあって、このあくまきのおいしさは天下に類がないと思われたが、どういうまわりあわせであろうか、あくまきと私との縁には、いつも天下の美女が介在する。ふしぎである。

夏日新涼

蓮の花が咲いたから見にいらっしゃいというお招きを受けたのは、四、五年前の事かと思う。北鎌倉《きたかまくら》の北大路《きたおおじ》さんからである。そのころ私は鎌倉山に住んでいたから、北鎌倉はすぐ近くであった。今年、再度のお誘い頂いて、今度は東京から出かけて行った。漢口《かんこう》の夏は屋根から雀が焼鳥になって落ちてくる暑さだときかされた事があるが、今年の夏は東京もそれとかわりないくらいのきびしさである。しかも私が出かけたのは、その中で最高の酷暑という日であるらしかった。東京駅へ着くまでに、上布の背中に汗がしみとおっていた。

だが、北鎌倉は涼しかった。

自動車が一台ようよう通れるような、ほそい草の道をのぼって行くと、何の樹か、見あげるような大樹のかなたに、簡素なかやぶきの門があって、門をくぐってすこしのぼると左側に、すぐ眼の前に、実に見事な蓮池があった。蓮の花も葉も、こんなに大きなものだとは知らなかった。私は生れてはじめて、蓮の花を見たのである。

案内をこうよりさきに、まずたちどまって花に見とれた。花はももいろと白と二種類あって、これが「紅蓮白蓮《ぐれんびゃくれん》」というのであろう。夕方近いので、花びらを閉じかけたのが多かったが、それでもまだ大きく開いたまま、ゆらゆらと夕風にゆられているのがあった。蓮は花よりも、むしろ葉の方が美しいかもしれない。白緑のひろい葉が、裏を見せ、おもてを見せ、かさなりかさなりあって、文字どおり、緑のしとねとなった葉からすいと丈高く「紅蓮白蓮」が咲いている。

生れてはじめて蓮の花を見るといったら、人は驚くかもしれないが、私の生れた北海道には蓮の花はなく、ことし七月の旅に大沼公園で、野生の睡蓮がむらがり咲いているのを見て、妖精のすみ家だと思ったが、蓮の花の中から妖精は出て来ない。蓮の花のうしろに起つのは、どうしてもうすものの裳を長くひいた、中国美人でなくては納まらない。

ものの調和という事を、この日の北大路さんはしきりに説かれた。日本にはわさびがあるから、日本人はさしみの美しい味を知ったのだという事や、あれやこれやの話の間に、運びだされたのは、葉唐辛子のつくだ煮、私が煮たのですといわれたその味は、甘すぎずからすぎず、実に何ともいえぬ微妙なものだった。

蓮の実の御飯というのも、私は生れてはじめて口にしたが、それは備前《びぜん》の四方鉢に、蓮の葉にまいて出された。蓮の実はふっくりとやわらかく、里芋と南京豆のあいだのような味がした。蓮の葉のみどりと備前のつめたさとの調和。——涼しかった。

巴里の秋

巴里《パリ》の秋は早い。

ドイツをまわって、ウィーン、チューリヒを通り、三度目に巴里へかえってきたのは、九月半ばすぎであったが、飛行機からエヤ・ターミナルまで行くバスのとおりみち、舗道の上にしきりに落葉して、並樹のこずえが黄ばんでいるのにおどろいた。ドイツの方が寒いはずだと思っていたのに、ミュンヘンでまだ青々していた並樹が、巴里で落葉している。夜はふかく霧がこめて、うるんだ灯が旅情をそそる。

袷《あわせ》の着物に袷羽織をかさねて、カフェのテラスにすわり、昼の陽ざしをなつかしみながら、道ゆく人をながめていると、さしもあふれていたアメリカ人は、数すくなくなり、ヴァカンスからかえったらしい巴里の主婦たちが、子供の手をひいて通ってゆく。人にあずけておいた巴里を、自分の手へ取り戻して、これからほんとうの巴里の生活がはじまるのだという感じがする。女のひとの表情が、いきいきとかがやいている。

ねまきを着たバルザックの銅像に、はらはらと落葉がかかる。マロニエの黄ばんだ葉がくれに、青いまるいかあいい実がゆらゆらとゆれている。私はその実をひとつ、おもいでのために持ってかえりたいと考えたが、誰にとってもらうわけにもいかず、見あげただけで心を残した。

そのかわりというわけでもないが、エッフェル塔の形をしたリキュールのおもちゃ壜《びん》と、首まがりのアルマニャックの壜を買って帰った。二週間くらしたホテルの前が、八百屋さんで、ぶどうやプラムやトマトなど売っているところに、かん詰やお酒の壜もならんでいた。店は七時すぎまであいていたが、そのころは陽がとっぷり暮れて、夕暮の風が身にしみた。私は両袖を前にかきあわせ、その中に小壜をつつんで、ホテルまで駆けてかえった。秋は巴里もお酒のおいしくなる季節である。

はつ雪の日

金沢《かなざわ》へ旅した人から、長生殿《ちょうせいでん》というお菓子を送ってきた。折からの来客に、そのらくがんを紅白盛りあわせて出すと、お客は紅い一つを手にとって、しずかにわりながら、天長節をおもい出しますねえという。

おや、あなたの学校でも紅白のお餅が出たのですかと、田舎ものの私はいささかおどろいてたずねると、ええ、出ましたとも。式祭日にはかならずもらったものですと、明治生れのその人は、遠い日をふり返るように眼を細めた。天長節に学校へいって、紅白の重ね餅をもらってくるのは、田舎の小学校ばかりかとおもっていたら、東京にもおなじ行事があったと知って、それは日本じゅうおなじであったかもしれないと、なつかしい気がする。

あれは一生の思い出になって、いいものでしたねえ、しかしいまの学校ではくれませんね、くれたらいいでしょうにねといったら、いまは給食というものがありますからね、それにいまの子どもは、お餅よりチョコレートの方がいいでしょうといわれ、なるほどと思った。そういえば長男が中学生のころ、府立一中というので、記念祭か何かに紅白の鳥の子餅をもらってきたおぼえがある。それは虎屋のもので大へんおいしかったから、親の方がよろこんで、チョコレートと取替えっこした。子どもはその時分から、もはやお餅よりチョコレートを好む風潮があったらしい。

私の子どもの時の天長節は十一月三日で、その日の朝はかならず、空がとぎ出したようにまっさおに晴れていた。それでいて、学校でお式をすませてかえってくる頃には、ちらちらとはつ雪がふり出す。その日まで、雪はこらえにこらえて待っていたというように降り出すのである。北海道の気候は大陸的で、そういうふうに、はつ雲の降る日もきちんときまっていたらしい。

町には菊花展覧会というのがあって、呉服店の店さきなど、紅い毛せんを敷いて、金びょうぶをめぐらし、その前に御自慢の菊の鉢植がかざってある。白や黄の大輪、乱菊、むらさきの小花の懸崖、……それを見物する人たちが、ぞろぞろと歩いていて、その人たちの晴着の袖にも雪はちらちらと降りかかる。

学校の式服は、黒の木綿の紋付にきまっていた。黒のたもとに、紅白の餅をのせてかえる道に、雪のふりかかった思い出は、菊の花を背景に、美しく記憶のひだにたたみこまれている。

天長節が明治節となり、明治節が文化の日となって、文化なんておよそいやらしいと、としよりは口をとがらしてみるけれど、チョコレートの好きないまの子どもは、文化の日にもまた新しい思い出を持つであろう。札幌のはつ雪の日も、いまでは変ってしまったらしく、気候さえ変るものを、まして人間は。——

七面鳥

クリスマスイヴの日、おなじアパートに住む女給が、前の部屋の若いおくさんに、

「今夜あたしのお店へ来てみない？　クリスマスツリーがとてもきれいよ」

と誘った。そのおくさんはキリスト教の信者だったので、

「ありがとう。でも私は今夜教会へ行かなくちゃならないのよ」

と云うと、

「教会に何かあるんですか」

「クリスマスですもの」

「へえ、教会でもクリスマスをするんですか」

と、女給さんはおどろいたような顔をした。

この話は、その若いおくさんからきいたので、女給のおどろいた無邪気な顔が、眼に見えるようであった。

戦後まもないころ、疎開先きの鎌倉山でお花見をした時、東京から映画部長のミスタ・コンデが、スーツを着た若い女の人をつれてやってきた。二世のジョージ・石川の通訳で、いろいろ話をしているうちに、日本の文壇で一ばんえらいのは菊池寛《きくちかん》だろうというので、私たちは夏目漱石《なつめそうせき》の方を尊敬していると答えた。すると彼は首をふって、

「ソセキ・ナツメ。……そんな名はきいたこともない。それはポピュラーじゃないだろう。そのお嬢さんにきいてみるとよくわかる」

と連れの若い女を指す。

「夏目漱石って、さあ、……」

と、スーツを着た女は首を傾けた。

「あのう、坊ちゃんを書いた人でしょうか」

そのころ、東宝かどこかで坊ちゃんを映画にとっていた。

私たちは完全に敗北したが、念のために菊池寛のことをきいてみると、この女性は菊池寛も知らなかったのである。それで、コンデとのあいだは勝負なしに終ったが、私たちには一応しゃれたスーツを着て、インテリ風につくっている女性が、夏目漱石も菊池寛も知らないとは、実に意外であった。

またおなじころ、鎌倉の由比ケ浜で、九州の陸軍機の基地から復員してきた青年が、電車のくるのを待っていると、その停留所に、髪をちぢらし、唇を紅くぬった洋装の若い女が二人起って、おなじく電車を待っている。復員青年は、これが近ごろ有名な、パンパンとやらであろう、さだめし英語もペラペラと話すのであろうと、尊敬に近い畏怖の念をもって眺めていた。すると一人が云った。

「電車がなかなか来《こ》ねな」

「うん。……ジープでもひろってゆくべか」

復員青年は、東京麴町《こうじまち》の生れであったから仰天した。

「パンパンというのは、あれは田舎者なんですねえ」

うちへ来てそう話したが、こういうひとたちが女給になったとすると、クリスマスはカフェのお祭りだと思いこむのも当然であろう。女給にとっては一年じゅうの書き入れどきで、新しいドレスをつくったり、卓の予約に必死のたたかいをせねばならぬので、クリスマスの由来などきくひまはないにちがいない。

お客の方にもまたおなじように、クリスマスはカフェの祭日だと、思っている人があるらしい。

京都の祇園《ぎおん》で、舞子たちが英雄の話をしていたら、客の一人がききとがめて

「ええ湯？　有馬か、宝塚か」

ちがいますと英雄の説明をすると、

「ああ、戦争屋のことか」

そういうお客と女給が、シャンパンをぬいて、七面鳥をたべて、一ト晩じゅうさわぎ明すのが日本のクリスマスのようである。

私はキリスト教信者でもないし、クリスマスイヴに、帝国ホテルでディナーをとる階級でもなかったから、戦争に敗けて、アメリカの人たちがやってくるまで、七面鳥というものを食べた事がなかった。

それは私にとってお伽噺の世界であった。

大きな、すがたのいい樅《もみ》の樹、その青い枝いっぱいにぶらさげた、お菓子や靴下や、

金の星や、明滅する色電灯や、キラキラ光るほそい銀紙や、ふわりとつもらせた雪の綿や、……そうして、樅の樹の根もとには、大小さまざまなプレゼントの包みが、デザインの美しい紙や、きれいなリボンで結ばれて、小山のように積みあげられてある。のぼせるようにスチームのとおっている部屋。旦那さんもおくさんもお客さんも、みんな夏の服を着ている。女の人は椅子に腰かけ、男の人は大ていい床のじゅうたんの上にあぐらをかいて、オールドファッションとか、ジンフィズとかを飲んでいる。九官鳥のような一オクターヴ高い笑い声、饒舌《じょうぜつ》、ジョーク、煙草《たばこ》の煙、……

そのうち食堂のひらかれた合図があって、ぞろぞろはいって行って席につくと、着物を着た日本娘のメードたちの給仕で、料理が運び出される。オルドウブル、スープ、マシュルームのはいった平目のムニエール、紅いクランベリソースを添えた七面鳥のやき肉、サラダ、キャセロールごと持ち出してくるさつまいもの蒸煮、マシマロがはいっている。

紅いシャンパンを、ポンポンといくらでもぬく。酔ったお客がやたらにそれをぬくと、女あるじは心配そうに客の手もとを見つめている。白いリネンの卓クロスに、その紅いしみがついたら、どうにもならないのだそうである。

飲んだりたべたり、お腹いっぱいになったところで、お菓子が出てくる。ミンツパイとポンプキンパイ、肉桂《にっけい》の匂いのプンプンするフルーツケーキ、コーヒー。

それがすんで、もとのざしきへかえってくると、今度はエッグノグが出ている。男の連中は勝手に強い酒を飲み出す。そこでプレゼントの山をくずして、ひとつひとつ包みの紐をときはじめる。……

鎌倉山はせまい土地なのに、二十軒も接収されたから、そこいらじゅう進駐軍で埋まってしまったような感じがした。殊に家の近くは三軒ほどかたまっていて、その三軒がしじゅうゆききをし、いつのまにかわが家もその仲間へ入れられたので、クリスマスにはすくなくとも三回よばれることになり、また、すこし離れたところからも案内をもらって、五回ぐらいは七面鳥をたべる羽目になった。クリスマスのやりかたも、家々によって相違があり、七面鳥の味もそれぞれちがっていたが、共通なのは、どこの家でもお祈りがなかったことであった。私の考えでは、クリスマスの夕べの食卓では、食事の前に、心をこめたお祈りをして、それからフォークをとるのだろうと思っていたら、お祈りは教会だけでするのであろうか。日本の新年とおなじように、メリークリスマスと挨拶するだけで、天にましますわれらの父よなどと云いだす者は一人もなかった。

アメリカ人のクリスマスは、日本のカフェのクリスマスとそれほど変りがなく、とにかくうんとたのしく騒ぎましょうやという感じがした。

日本人はむかしから、新年を祝う事になっているので、クリスマスは必要ないという説もあり、もっともだと思うけれど、鎌倉山にいたアメリカ人たちは、クリスマスがすむとすぐ、入口にかけた柊《ひいらぎ》の葉と銀の鈴のかざりをはずして、門の前にそぎ竹を添えた門松をたてた。そうしてお元日のひる前から、

「アケマシテオメデトウ」

と云いにきて、私たちをおどろかせた。今度はわが家で屠蘇《とそ》と重詰を持ち出して、もてなす番であった。

鎌倉山にアメリカ人がきてから、六年のあいだに三十数回、私は七面鳥をたべた。もしクリスマスが、年に一回、自分の家だけで祝うものとすれば、私は三十何年分のクリスマスをしたことになる。戦争に敗けたおかげで、妙な経験をしたものである。

東京へ引越してきて三年経ったが、一度もどこからもよばれない。しかし七面鳥はカフェでもホテルでも、どこでもたべられるようになった。よそでよばれる七面鳥と、自分でお金を出してたべる七面鳥と、どっちがおいしいか試してみたい気もするが、七面鳥はカスカスしたのが多いから、ムダなお金を使う必要もないと思う。クリスマスの七面鳥は、その雰囲気をたべるのであって、やはり大ぜいで、ワイワイ騒ぎながらたべるのが、一ばんおいしい味かもしれない。

年始

明けて一昨年の話になるけれど、ミュンヘンのバイヤリッシャ・ホフというホテルに泊ったとき、朝飯のジュースは何がよいかときかれ、オレンジジュースと答えたら、氷のはいったそれを持ってきてくれ、おいしかったけれども、このジュースだけ別勘定で、三百円とられたのは少々おどろいた。日本でもサンキストオレンジをしぼってもらうと二百円とられるが、日本は物価が高いという評判なのに、安いはずのドイツでそんなにとられたのは、何かだまされたようでいやな気がした。

帰ってきてこの話をしたら、それはドイツにはオレンジがないからだろうといわれ、なるほどとはじめて合点がいった。私の生れた北海道にはみかんの樹がなく、したがって、お正月につきもののみかんは非常に高価であった。おなじ日本でありながら、みかんは実に貴重品で、私はいまでも雪の上にころがったみかんのいろを思い出すと、胸のそこがきゅうとひきつるような気がする。みかんをふんだんにたべられるお正月は、子供にとって天国の季節である。

私の父は倹約家であったけれども、食は人間活動の源泉であるといって、たべものだけはお金を惜しまなかったので、お正月になると、子供たちはみかんを二タ箱ずつもらった。これは大へんな豪遊で、まわりの者からうらやましがられたのはいうまでもないが、父は自分の家の子供だけでなく、よそのお子さんにもそのよろこびをわかちたいと思ったのであろう。お正月の三日か四日に、――というのは、元日は学校で式があり、帰ってからいろはかるたなどとって遊んだおぼえがあり、二日は買い初めであったから、どうしても三日か四日になる。私はたった一人で人力車に乗って、小学校の先生のところへご年始にやらされたのである。

人力車といっても、冬の間は車の輪がそりにかわる。その人力そりに乗り、足のところにみかん箱を二つ積んで、南のはずれの方の何だか大へん遠いところまで、ご年始に行かされた。ほろがかかっていたのかどうか、青空がキラキラしていたところをみると、どうもほろはなかったらしい。ひどく寒かった。私はくるまの上で泣き出しそうになりながら、えんえんと揺られて行った。

先生の家は、間数が三つか四つよりなかった。ちいさなお子さんが二、三人いて、いつも一人は泣いていたおぼえがある。学校ではこわい先生が、家庭ではやさしいお母さんで、私にはそれが大へんふしぎに思われた。旦那さんは見たことがない。先生はおあいそよくみかん箱を受取って、お父さんやお母さんによろしくといった。私はまた、長い雪の道を人力そりに揺られて帰ってくる。こういう行事が、一年生から三年生まで、三年つづいた。四年生になって学校の先生がかわった。するとその年から、私の年始も取りやめになった。どういうわけか、理由はいまだにわからない。

お正月になって、八百屋やくだものやの店さきに、荒なわでしばられたみかん箱を見ると、私の記憶にあの遠い日のおもい出がかえってくる。私はあれ以来、人の家へご年始というものに行ったことがない。若い時は病気ばかりしていたし、家庭を持ってからは子供にいそがしく、着物を着更えてよその家を訪問するなど、ひどくおっくうなので、ついついご年始に行かずに歳月がながれてしまった。六十年の生涯に、たった三べんより行かなかったご年始、それがいつも、みかん箱と道づれであったことを思い出すと、その向うに、私をそこへ行かせた父の顔が浮んでくるのである。私を溺愛してくれた父の顔が。……

スメヨーボ

お正月が来て、屠蘇、雑煮を祝い、ごまめ、数の子、こぶまき、黒豆、きんぴらごぼう、かまぼこにきんとんに粟漬に、年々歳々すこしも変らないものをたべて、めでたいという。ふしぎな話だとふと考える。

三十年むかしに、私は突然、まわりのものがみんなふしぎに思われ出した時代があった。毎朝、おなじ時間に家を出て、毎晩かならず帰ってくる銀行づとめの夫にむかっていった。

「あなたよくそんなに、毎日々々おなじことをしていて、飽きないわね。毎晩かならず、おなじ家、おなじ調度、おなじ女房子供のところへかえってくる気持って、分らないわ」

「そういう自分はどうなのだ。自分の方こそ考えてみたらいいだろう」

いわれてみればなるほど自分だって、毎日おなじ家の中にいて、朝は夫を送り出し、夜はおなじ亭主の帰りを待っている、そのくり返しを、あきることなくつづけているのである。おもえば人間の生活とは、毎日おなじくり返しを、一生つづけることであるらしい。

正月はそういう平坦なくらしの中の、一つの区切りであって、一年に一度だけ、ふだんとはまったくちがう日を送るわけだけれど、その日にたべるものは、やはり遠い昔からちゃんときまっていて、それをあらためようと思う者も一人もない。べつにこれは日本の話ばかりではない。

西洋でも、クリスマスには七面鳥とポンプキンパイをたべる。オランダという国では、毎日の暮しの中で、おひるには必ずゆでたじゃがいもをたべるそうである。決して揚げたり、マッシュにしたりということはない。お昼はゆでたじゃがいもと、何百年来きまっているから、みんながそのきまりを守っているのだそうである。

デンマークへ行った時、おひるの食事はスメヨーボという、オープンサンドイッチにきまっていた。どこの家庭でも、ふだんはそれにきまっていて、おべん当にもそれを持って行く。アンデルセンの童話や小説の中に、バタパンと訳されてあるのがそれである。バタをたっぷりぬった大きれのパンの上に、魚だの、野菜だの、チーズだの、肉だのをのせたもので、バライティがあって、見た眼にも美しい。

はじめてコペンハーゲンへ着いた晩、私を招いてくれたアンデルセン協会の理事が、チボリーという、浅草を高尚にしたような歓楽区域へ案内してくれ、ひろい張出しを持つレストランへはいって、何をたべるかときいた。夕飯は飛行機の中で済んでいたので、まあ軽いオルドウブルぐらいと答えると、彼は手をうってよろこんだ。

「それこそはデンマークの料理である。あなたは今着いたばかりで、もうデンマークを理解している」

やがて輝く銀盆にのせて運び出されたのは、皮をむいてゆでた、珊瑚珠《さんごだま》のような小えび（これは一ばん高価なものであるらしい）、ハム、羊の冷肉らしきもの、生鰊の酢づけに生玉ねぎを散らしたもの、トマトとゆで玉子、きゅうり、白身の魚のフライ、レバペースト、ありとあらゆるチーズ類、ビート、レタス、魚と野菜をこまかく切って、ケチャップであえたもの、それから、それから、……

この一つ一つをパンの上にのせて、パンごと切ってたべるのだが、そのまたパンが、白パンから黒パン、ライむぎ、ビスケットのようなの、カステラのようなのとあって、取捨にまよう。デンマークにはスメヨーボ・パアティというのもあって、デンマーク・ビールを飲んで、スメヨーボをつまんで、徹夜で騒ぐのだそうである。

スメヨーボは四十日間、毎日たべて飽きなかった。何となく、日本の重詰料理と似ている。重詰料理はお正月に必ず持ち出されるところを見ると、やはり飽きない味の一つであるらしい。これが人生というものの味かも知れぬ。

雪山の味

この一月末、はじめて冬の赤倉《あかくら》へ行ってみた。朝、東京を出る時には、空気がカンカン音をたてそうな、きりっと晴れたお天気だったのに、軽井沢あたりでは舞うように雪が降り出していた。しかしまたしばらく行くと、雪が霽《は》れて、遠くの山ひだに午後の陽がさし、陽のあたるところはしろがねいろに光り、かげになるところはうす紫にぐっと暗色になって、銘仙の絣《かすり》にでも織ったらおもしろそうな調子が出ている。私は北海道に生れたので、雪のけしきなど珍しくもないと思っていたが、こんな雪山の美しい濃淡ははじめて見た。

赤倉のホテルでも、毎日窓から、雪山の色の変化ばかり眺めて暮した。それから夜は食堂へ出て、スキーヤーたちが、たくましく、賑やかにたべる有様を見物していた。週日だったせいか、客はアメリカ人の方が多い。若い健康なアメリカ人たちは、スープの皿がくると、みんなが一せいに、塩と胡椒の瓶を両手に持って、いやというほどふりかけて、それからおもむろにスプウンをとりあげる。見ていて思わず微笑を誘われる。若い人たちだし、思いきり運動をしたのだし、塩からいスープを要求するのは当然かもしれないが、しかしアメリカ人はとしよりでも、運動をしない人でも、スープにはいきなり塩と胡椒をふりかける習慣を持っているようである。ほとんど無意識にと云っていいくらい。

日本のスープはまずいから、ああして塩胡椒で味をつけるのかと、はじめのうちは思っていた。そのうちにおくさん達がやってきて、家庭の御飯によばれて行くと、客も主人もやっぱりスープに塩をふりかける。おくさんが、自分で味を見たろうと思うスープに塩をふる。私などにはちょっとからい目に感じられるスープである。何ともふしぎな気がしたが、おととしの欧羅巴の旅の中でも、スープに塩胡椒をふりかける人を見るたび、あれもアメリカ人かと、しのび笑いが出そうになった。

もっとも日本人の中にだって、おつけものに何の気もなくどぶどぶと醬油をかける人がすくなくはなく、あれもアメリカ人の塩胡椒とおなじ習慣かもしれぬと思う。田舎の旅館や料理屋へ行くと、女中さんが気をきかせて、おつけものをとりわけてくれたと思うと、あっというまにどぶどぶと醬油をかける。弱ってしまう。人一倍うすい味つけの好きな私には、だから、京都料理というのが一ばん苦情なしにたべられるのだけれど、このごろはうす味を通りこして、だんだん生まのものが好もしくなってきている。

赤倉へ行って来たと云ったら、山のおさしみをたべましたかときいた人がある。そんなもの知らないわと答えると、じゃあ今度持って来ますよ、近いうちに志賀《しが》高原へ行きますからね、あすこに一軒、うまい家があるんですよ。

一週間ほどして、約束どおり持ってきてくれた。あかい、きれいな、やわらかそうな肉で、山のさしみときいた時、猪かと思ったらそうではなくて、馬の肉だと云う。牛肉の生まはドイツのハムブルグで、こまかくたたいて玉ねぎや何か香料を入れたのを試食ずみだけれど、馬ときくといささか気味がわるいようでもある。しかしセレベスのマカッサルでは鰐《わに》のさしみを、てづくりにしたのを紅葉《もみじ》おろしでたべて、その美味におろいたこともあるのだから、馬だってたべられないことはあるまいと、云われるとおり辛子醤油でたべてみた。ちょうど青物市場からもらったみずみずしいきゅうりがあったので、それをかじりながら肉をたべると、生まの野菜と生まの肉とが、うまい具合に一つの味をつくり出して、なかなかおいしいわと、私は持ってきてくれた人に、お世辞でなく礼を云ったが、その時私の眼は遠くはるかに、あの雪山の、うす紫としろがねのひだを見ていたのであった。

トレドのお菓子

十数年むかし、小紋の新柄品評会というのに招かれて、林芙美子《はやしふみこ》とともに出席した事があった。なんだかまるでメリンスの見本みたいじゃないのと、お芙美さんはこごえでわる口を云い、ああ、あの柄、あれは田舎の、退職軍人か何かの家庭で、床の間にたてかけたお琴のおおいにしてあるメリンスよ、ね、そうでしょうと、菊のはなびらのかさなった古風な柄をさして云ったりする。

麻の葉を無暗に大きくした、何ともいやな柄があった。ありゃ一たい何サとお芙美さんが眉をひそめていると、まあいい柄だことと、それをほめた人がある。ベストドレッサーとして聞えた人である。お芙美さんと私は思わず顔見あわせて肩をすくめた。

蓼《たで》食う虫というけれど、何も着物の柄ばかりでなく、たべものも住居も、人おのおの好みがあって、是々非々、一概にはきめられない。私はこの前、日本のビフテキが一ばんおいしいと書いたので、あなたは世界一と云われる巴里の何とか屋のビフテキを食べもしないで、日本のビフテキがおいしいなどと云ったら、笑われますよと注意されたが、日本のビフテキがおいしいのは、材料がいいからで、技巧ではないのである。厚目に切った肉のかたまりに、塩胡椒してフライパンでじゅっと焼く。ただそれだけで滋味あふれるビフテキができるのだから、これはどこの国にもない。ぶどう酒に漬けたり、ニンニクをしぼったりするのは、いわば中年の女が化粧するのとおなじ事で、日本の肉は素のままでよい。野に立つ乙女の素朴さである。若さの味である。

田舎ものはいろいろな想像をするもので、巴里へ行ったら、菫《すみれ》の花の砂糖漬というお菓子をたべてみたいと思っていた。そんなものがいまでもあるのかないのか分らないが、とにかく菫の花の砂糖漬は、その感じがいかにも巴里らしいと、あこがれを抱いていたが、町のお菓子屋に、そんなものは売っていなかった。むかしは宮廷の宴会などに必ず出たと、ものの本に書いてあったが、いまは王様もいないので、そんなお菓子もつくらないのかもしれない。あるいはまた、これも私の無智であって、行くところへ行けば、いまでもちゃんとあるのかもしれぬ。

私はお菓子屋で、いろんなものをたべてみた。巴里は女の天国で、どんなお菓子でもあると云われ、どれをたべても頬《ほ》っぺたが落ちそうだときかされたが、うまいものときめていたせいで、うまくって当り前、ちょっとまずいとひどくまずいと感じられ、いまでは巴里で、とび切りおいしいお菓子をたべた記憶がない。

記憶に残るのは、スペインのトレドという町の、丘の上のレストランでたべたスポンジケーキ、日本にもあるお酒のかかったふわりとしたので、そのお酒のかかり具合が、実に何とも云えずよかった。同行の福永《ふくなが》代議士、もちろん左利きの人が、うまいですね、うまいですねと、大きな切れを二つもむしゃむしゃたべたと思う。貝料理の、ものすごく貝のはいったスープ（これは烏貝《からすがい》のような黒い貝を、貝殻ごと盛ってくるので、スープ皿の上に貝の山ができている）それから名物だという鶏の酸っぱい煮込、そんなものをたらふくたべたあとのお菓子である。

ひとつには環境もよかった。トレドはスペインのふるい都で、半ば砂の中に埋もれたような町である。ペペル・モコの映画に出てくるような、ほそい通りがいくつもあって、丘の上にはグレコの館がある。グレコの家を見物してから、大使館の運転手は、道をのぼりのぼって、峠のように高いところへ連れて行った。一望のもとに、トレド全部が見える見晴らし台だった。青いものの一つもない、まっしろな砂と石のトレドの町を、一ト筋の川が流れていて、その水のあおさはまた、ふしぎなほど澄んでいる。運転手はその川を見下すレストランへ案内してくれた。

入口に、日本ならのれんと云った風の、長い布がさがっていた。緑と赤と黒と、強烈な色の縞を、たてに織った毛織の布で、そと側はくすんだいい調子の色だと思って中へはいると、内側は陽に灼けない、もとのきつい色がそのまま残っていた。十月はじめのスペインはまだ夏で、川にむかった高台の窓には、全部むしろがさげてあったのを、ようやく陽ざしがほかへまわったと見え、ボーイがむしろをあげている。私たち三人は窓際の席に坐った。

川の中に三角洲のようなところがあり、青々と緑の樹が茂っている。川のふちにも青草が生え、ところどころ灌木が植わっていて、これはまったく沙漠のオアシスと云ってよい。砂と石のトレドの町のそと側を、水と緑が清らかにかがっている。その対照は美しく眼にしみた。

隣の席に、アメリカの将校らしい男が二人、それぞれ美女を携えて坐っていた。彼女たちは、実によく笑い、よく飲み、よく食べた。そうして、最後に運ばれてきた、大きなカステイラのようなケーキを見た時、私もあれをたべようと思ったのである。砂と石と緑と水と、そこへケーキの、こんがりと上皮の焼けた黄色が、いかにもうまそうに見えたのである。

期待にたがわずそのケーキは、頬っぺたが落ちるといっていいほどうまかった。かけたお酒はラムのようで、甘からず辛からず、ふわっと程よくしみていたのである。

その後ローマの町でもいくへんか、このケーキをたべてみたが、酒がきつすぎたり、すくなかったり、トレドのようなのには一度も出会わぬ。美味は思わぬ町の、思わぬところにあるものである。

マシマロ

いまでも、どうかしたはずみに、ふっと眼に浮んでくる。その箱のふたには、やわらかな色彩で、西洋の田舎の風景が描かれ、ふたをとると中身は、こまかくレースを刻んだ白い、光沢のある紙でおおわれている。そうしてその紙をあけると、下から、いちご、バナナ、それからまるい玉や、いちじく形や、さまざまな色と形のちいさなお菓子が、行儀よくならんで顔を出す。……それが私のはじめて見た、西洋菓子というものだった。

数えどし十ぐらいの時と思うから、いまから五十年もむかしの話である。仲のいい友だちのお父さんが東京に仕事の事務所を持っていて、一年のうち半年はそっちで暮しているのだが、家へ帰ってくる時には何かしら珍しい東京土産があって、友だちはいつも私をよんではそれを見せびらかした。幅のひろいリボンだとか、お人形だとか、子供のほしがるものばかりだったが、その頃からもう、本を読むことよりほかに興味のなかった私は、どんなすばらしいものを見せられても、羨ましいともほしいとも思わなかった。それで西洋菓子も、おもちゃのようにかあいらしいとおもって眺めていると、友だちはしきりにそれをたべよという。しまいにはお母さんも出てきてすすめるので、ことわりかねてその一粒を口に入れた。とたんにぷうんと舶来しゃぼんの匂いがした。

いまからおもうと、アニゼットか何かはいっていたのかもしれない。たぶん私は、いちじく形の、紫いろをとったのであろう。しゃぼんの匂いが口一杯にひろがって、うっと吐き出しそうになったのを、よその家だからとこらえてのみこんだ時のつらさは、いまにも涙がこぼれそうだった。おいしいでしょうと友だちのいうのに、私はへんな顔をして、返事ができなかったらしい。お母さんがこのお菓子はきらいかとたずねた。

しゃぼんの匂いがすると正直に答えると、お母さんは笑った。そうして教えてくれた。

「西洋菓子はみんなそういう匂いがするのですよ」

家へ帰ってきてこの話をしたらしい。まもなく私は父親から、おなじような西洋の風景画がついた箱の、あけると中には一寸四角ぐらいの、ふわふわとした白いお菓子が一ぱいつまっているのをもらった。白い中にピンクもすこしまざって、カーネーションの花束のように美しかった。マシマロという名であった。

たべて見るとマシマロは、日本のあわ雪とぎゅうひをあわせたように、ふわりとして、歯ごたえがあって、やわらかで、実においしい。そうして何よりうれしかったのは、しゃぼんの匂いのしない事だった。私の父は食道楽の方であったから、自分の子供がよその家で、恥をかかされたと知るとたちまち食料品店へ駈けつけて、しゃぼんの匂いのしない西洋菓子を買ってくれたのであろう。当時はマシマロも舶来品で、なかなか高価であったらしい。それでも父は、私がそれを気に入ったのを知ると、よろこんで、その後も欲しがるたびに与えてくれた。

五十年の歳月は夢のように流れた。戦後、大船《おおふな》の奥の鎌倉山という土地に住んでいた家のまわりはアメリカ軍に接収され、私たちはアメリカ人の家族と親しくなった。毎日のように、おくさんたちがたずねてくる。夜はブリッジに招かれる。子供のとき、ゴム菓子といっていた、弾力のあるキャンディをもらったり、こんがりと表面にキャラメルのついた、ホームメイドのマフィンをもらったりした。戦後すぐで、そういうお菓子はすべて幼い日を思い出させて、なつかしかった。

夏になると、海辺へ行ってビーチ・パアティをやろうという話が出た。満月の夜、鵠《くげ》沼《ぬま》の海岸で火をたいて、その火をかこんで遊ぼうというのである。めいめいの家で、空き箱をこわして燃やすものをつくっていたが、私のところへは細い竹竿を十数本揃えてくれという注文がきた。竹藪があって、竹はいくらでもお望み次第だったのである。

当日は暮れ方のまだ夕焼の残っている頃から、七家族ほど参加して、二十人あまりの人数が、一つのたき火をかこんで、ワイワイと大さわぎである。用意して行った竹竿の先に、ウィンナソーセージをさして、それを火にかざして焼く。焼けたらケチャップや辛子をぬって、ロールパンの中にはさんでたべる。つまりぬくぬくのホットドックである。それをみんなはモリモリたべる。

ウィスキーを飲む。ポテトチップをつまむ。鶏の空揚《からあ》げも出てくる。生にんじんをすすめる人がある。私のところからは生まきゅうりを、朴《ほお》の葉にのせて出したら、大好評で、男の連中はみんなその葉を胸のポケットにしまう。日本人の風流をアメリカに知らせてやるのだという人がある。飲んだり、たべたり、しゃべったり、ちょっと疲れたと思った時に、マシマロの袋が出てきた。

「ああ、マシマロ……」

私は思わずいきをはずませた。長い戦争で、そんなお菓子のあったことさえ忘れていた。いやいや、戦争がなくてもマシマロは忘れていたらしい。あれは子供の、……というよりむしろ赤ん坊のお菓子だという気がして、久しいあいだ、それを口にした事がなかった。私がマシマロと声に出したのをきいて、一人のミセスが、好きかという。うなずくとそのミセスはにここにこして、竹竿の先に白いマシマロの粒を、三つほどさした。それをたき火にかざして焼く。

マシマロを、焼いてたべるとはこの年になるまで、思いついた事もない。生きていれば実にさまざまな事を知るものである。焼いたマシマロは上皮が甘い雪のようにふわりととけて、中身はきゅうっと飴のように強いねばりが出る。ただ喰べるのとは比較にならない。ああ、私にマシマロをくれた父も、こんなたべ方は知らなかったのだ。

それからのち、マシマロは必ず焼いてたべるようになり、思いがけなく新しい食味を知ったことをよろこんだが、マシマロはサラダの中にも入れ、さつまいもといっしょにむし煮にもしたり、いまではお菓子としてだけではなく、むしろ料理用に使うことの方が多い。

ところで私は、子供の時からこんにちまで、マシマロは舶来品よりたべた事がないけれど、これは日本にもある菓子なのであろうか。キャラメルの上手な日本だから、マシマロだってあるにちがいないと思うけれど、見た事がないのはふしぎである。

口腹の欲

人間の生活は、よほど金持でないかぎり、何から何まで揃えるというわけにはいかないもので、毎日大根の煮たのばかりたべて家を建てるとか、一汁一菜で辛抱して、宝石を買うとか、方法はいろいろだが、とにかく倹約の第一は口をつめる、……つまりたべものの贅沢をしないというのが、立身出世の共通点となっているらしい。

むかし、口のおごっていたのは、上流社会と下層階級であった。上流階級はコックを何人もやとって、家へよくお客を招待したし、下層階級はすこしでもお金がはいると、まず、うまいものをたべた。立身出世などにはあまり縁がないので、その日その日をたのしく暮せば、それで結構という考えであったらしい。はしりの野菜だとか、初鰹《はつがつお》などというものは、表から裏へ吹き通しの、長屋の食膳によく見かけた。中産階級は、はしりの野菜は高いばかりで栄養価に乏しいと知識を披瀝《ひれき》して、出盛りの安いものを奨励した。

私の父はその土地で、まず中流の上といった暮しであったにもかかわらず、どういうものか、たべものだけはおごっていた。父の言によれば、一ト口に衣食住というけれど、衣は寒暑を防げば足り、住は雨露をしのげば足りる。ひとり食だけは、人間活動の源泉であるから、つとめて栄養をとらねばならぬというのであったが、栄養ははしりの野菜よりも、出盛りの方にある。鮭より安い鰊の方が脂肪に富んでいるけれど、父は鰊を好まなかった。

ちいさい時は父の言葉をうのみにして、それでわが家はよその家より、毎日ごちそうがあるのだと思っていたが、大人になってから考えると、父はいわゆる食いしん坊であったらしいことがうなずける。彼は自分の好みを正当づけるために、衣食住の教訓を子供に教えたものであろう。よくよくその教訓が身にしみたものと見え、いつのまにやら私は人生で、口腹の欲を第一とする人間に成長していた。汝、明日のことを思いわずらうなかれ。……聖書の文句まで自分のものとして、明日は明日の風が吹くと、ニコヨン並みに、今日のお金は今日たべてしまう習慣がついている。

女に生れてきて、まだしも仕合せだったと思う。これが男に生れていたら、毎夜のように銀座うらを徘徊して、まともに家へなぞ帰らなかったにちがいない。もっとも私の父は、食いしん坊だけれど、家庭生活はきちんとしていて、宴会のつづく正月などは、毎晩九時頃折詰をさげて帰ってきたし、ときどき家族一同ひきつれて、一流の料亭へたべに行くことをたのしみにしていた。おかげで私は子供の時から、料理屋の味と家庭の味とを知る事ができた。

女と生れてきて、まだしも仕合せだったと書いたが、女と生れてきてさえ私は、料理屋の味を知っていたために、ふつうの家庭生活からは、はみ出してしまった。女が自分で働いて生活するという事は、どう考えても幸福とは云いかねる。いまの若い人たちは、女も職業を持つのが当然であり、社会へ出て働くことに生き甲斐があると考えているようだし、また先輩諸氏もそのことを奨励しているけれど、私なんかは、亭主に働いてもらって自分は家庭の中で家事を司っているほどよい事はないと思っている。それが自分で働くようになったのは口腹の欲のせいにほかならない。

大正の大震災で、はじめて夫の生れた大阪へ行って暮すようになった時、いろいろな叱言《こごと》を夫の生家の人たちから云われたが、その第一は、たべものの事であった。私の家計のとりかたが、不経済だというのであった。もともと私たちは、東京で自分勝手に結婚したので、そういうヨメハンが大阪へ行ったら、箸のあげおろしに非難されるのは当然であったろうが、食いだおれときいていた大阪で、たべものの制限を受けようとはまったく思いがけなかった。

「おまえとこは毎朝ハムエッグスをたべるそうやな、そらおまえ一人がたべるのやったらかめへん。そやけど家内も子供も一しょにたべるんやったら、不経済やし、第一、家長を敬う日本の醇風美俗《じゅんぷうびぞく》に反する」

夫が、生家へよばれて受けた叱言である。生家は大きな地主だったにもかかわらず、家長である長兄だけが鯛をたべて、あとの者は下魚で辛抱するという家風であった。それが日本の醇風美俗というものであったらしい。いまの若い人たちがきいたら、ふき出さずにいられないような話だけれど、三十年むかしには、そういう教訓が、それほどおかしくもなく通用したのである。

「おまえとこでは漬物を、毎日二十銭も買うそうな。そんな経済のとりかたあるかいな」

よし、それでは私は自分で働いて、ハムエッグもお漬物も、飽きるだけたべようとその時決心した。

私だっていい家にも住みたいし、しゃれた着物も着たくないことはない。だが、たべものを倹約して、……となると、衣も住もどうでもよくなってくるのである。四尺八寸で十四貫もあるからだを持てあまして、せめてもう二貫目だけでもやせたいと思い暮しておりながら、食べものを制限しろと云われると、考える。
昨夜ある会で、半年ぶりに会った人が、はじめは別人かとおもったほど、すんなりと形よくなっていたので、おどろいた。五ケ月間に五貫七百目やせたのだそうである。いまは十貫そこそこだという話で、背丈も私とあまり変らない人なので、かつては自分も九貫よりなくて、からだが実にらくだった昔をおもい出し、どうしてそんなにやせる事ができたのかとたずねてみると、
「たべものですよ。お米とお餅とうどんと、それから甘いもの。これだけをお医者さまに禁じられたの」
それなら自分にもやめられない事はないと思って
「お肉はどうなんです」ときくと
「肉はいけませんよ。私はもう十年あまり、肉はたべたことありませんからね」
十年間肉類をたべなくてもそんなに肥《ふと》っていたのである。
するとまた傍から
「あらまあ、私は二十年間肉類を口にしないけれど、こんなに丈夫ですよ」
と云い出された方があった。私よりもはるかに肥って、かつて病気というものをした事がないというお方である。

「野菜とくだものをふんだんにたべて、ときどき魚をたべて卵をたべて、まあ一年に一ぺんぐらい鶏をたべるかしら」

人間生活の源泉は、バタやミルクや卵や肉ばかりたべることではないらしい。だが私には、野菜くだもののほかに、どうしても肉類を必要とする何かがあるのではないかと思う。

「森田さん、ゴルフをなさいよ。ゴルフはやせますよ」

と川端康成《かわばたやすなり》さんがお云いになった。「ゴルフなら肉をたべてもいいです」

「しかし、着物を着てゴルフはできないでしょう」

「モンペのような、何かあんな新しい着物ならやれますよ」

と、今度は、佐佐木《ささき》さんがお云いになる。

家へかえってきて「私モンペをはいてゴルフやることになったわ」と云ったら、夫と長女が言下に口を揃えて「ママは肥ってればこそ、やっとからだが保っているんじゃありませんか。ゴルフは健康な人のすることですよ」家の人たちはみんなゴルフをしているけれど、私だけ相手にされない。私はやはり口腹の欲を満たして、肥ったまま死ぬ事になるらしい。

身欠鰊のあめだき

「森田さん、ここでは何がうまいでしょうね」

と、札幌に着くなり同行の人にきかれ
「さあ、ビールにバタにチーズ、……」

云いかけるのを
「いえ、そんなものじゃないんです。何かうまい料理です」

北海道は初めてという人が三人もいる。早速おひるに、郷土料理をたべに行こうという話だった。

「お料理ね、……」

私はハタと答えにつまった。新開地の北海道には、伝統のある料理など一つもないからである。秋になれば鮭なべというのがあるが、これは牛肉を鮭にかえただけのすきやきであって、料理の中にははいらない。おまけに鮭はとれたてのを素焼にして、大根おろしにおしたじでたべるのが一ばんおいしいので、煮ては味が半減する。この素焼の鮭よりもっとおいしいのは、なまの筋子をバラバラにほぐして、宝玉のような一つぶ一つぶを丼にとり、上から大根おろしとおしたじをかけて十分ほどおき、それを炊きたてのあったかい白い御飯の上にのせてたべる。この味は天下一品とおもうけれども、これも料理とは云えぬであろう。

「そうですね、むかしグランド・ホテルにやまめの天ぷらというのがありましたがね」

やっと一つ思い出した。しかしこれは十五年前、秋十月のことである。七月にやまめがあるかないかわからないが

「それ、いいじゃありませんか。……それではおひるは、やまめの天ぷらということにしましょう」

一行六人、ぞろぞろと山形屋旅館からグランドホテルへ出かけて行った。道路一つへだてておなじならびだから、すぐ着く。ロビイの柱に何かはり紙のあるのを、一人がたちどまって読んでいる。私も寄って行くと、ジンギスカン鍋をはじめたというしらせである。

マネジャアが出て来た。天ぷら食堂はあるけれど、やまめはないと云う。今月からジ

ンギスカン鍋をはじめましたと云う。ジンギスカン鍋は野外でたべるものじゃないんですかときくと、まあそう云った感じを出してありますのでと、マネジャアはいささか得意のようである。私は五月に来た時、郊外の競馬場で、観光協会の人たちからよばれた。緑の芝生と、ひろびろと果てしない馬場を眼の前に眺めながら、ジュウジュウと焼ける肉を待っているのは、なかなか野趣があってよかったが、家の中でどんな風にしてあるのかと、案内されるまま五階にあがってみると、よしずばりの細長い床が出来ていて、札幌の町を見下ろしながら、ビールを飲みながらという仕掛けになっていた。アカシヤの並樹の緑深い季節で、この眺めはわるくなかった。

しかしこれとて、お猟場《かりば》やきの肉が緬羊《めんよう》であるというだけのことで、料理とは云いかねよう。函館《はこだて》本線のおしゃまんべという駅で、一ぱい百円也の毛蟹《けがに》の塩ゆでを五はい買って、室蘭《むろらん》へ行くちいさい汚ない汽車の中で、檀一雄《だんかずお》氏、福田恆存《ふくだつねあり》氏、西川辰美《にしかわたつみ》氏などのお歴々が、指から雫《しずく》をしたたらせつつ、うまいうまいとむさぼり食って、――ごめんなさい、ここはどうしても食っていたとしなければ納まりがつかないので、諸氏はまさに大江山《おおえやま》の酒呑童子《しゅてんどうじ》さながらであった。

鮭の背中の血あいをしおからにしたメフン、生うに、キャベツの塩づけ、みんなおいしいけれど料理ではない。一週間の旅行のあいだ、これこそは郷土の料理と感じたのは、小樽《おたる》の海陽亭《かいようてい》でごちそうになった、身欠鰊《みがきにしん》のあめだきである。調理法は海陽亭まで問いあわせている時間がないから、私のあて推量で考えると、たぶん身欠鰊を一ト晩か二タ晩、お米のとぎ水につけてやわらかくし、それを一寸五分ほどに切って、あめだきの要領で気ながに煮込むのではないかと思う。さめるとすこしかたくなるから、熱いところを賞味するのだが、子供の時、折々母がつくってくれたことを思い出してなつかしかった。鰊料理ではもう一つ、鎌倉焼というのがあって、これは三枚におろした生鰊を素焼にして、そのまましょうが醬油の中に漬けておき、たべる時もう一度さっと焼いて出す。日もちがして、お弁当のお菜に好適だった。

鰊の子の数の子、これの一ばんのおいしいたべ方は、まず姿のいい櫛形《くしがた》の数の子を揃えてごみを拭きとり（洗わぬこと）数の子一升、麴一升、みりん一升、醬油一升のわりあいで、かめに漬けこむ。十二月の中頃漬けるとお正月にちょうどいいので、これも料理ではないけれども、どんな馬鹿にもできる至極簡単な方法だから、一度ためしてごらんになることをすすめたい。大根、人じん、キャベツと御飯とつけこむ鮭のおすしは、冬のたべものの圧巻だけれど、私はその方法を知らない。残念である。

朝鮮あざみと菊芋と

暮しの手帖という雑誌がとどいたので、パラパラとページをめくってみていたら、野《の》尻《じり》さんの「アテチョコ開花」が目についた。アテチョコとは、おそらく英語のアーティチョークからの転化であろう。フランス料理のアルティショーである。——と書き出しを読むうちに私のあたまにはさまざまな思い出がむらがりわいて出た。野尻さんは戦前早くからアテチョコを知っていらしたようだが、私がそれをおぼえたのは戦後の事である。

大船の奥の鎌倉山という別荘地に、縁があって私は疎開した。そうして戦後もひきつづいて住むうち、まわりは進駐軍の接収住宅となり、私たちはチイチイパッパにかこまれて暮すような事になった。いろいろなおくさんが遊びに来たが、中に一人、殆ど毎日のように、朝の九時からでもやってきて、今朝は女中が返事をしなかったから、家へ帰りたくないといって、夕方まで私のそばについているような若い夫人がいた。お父さんはイタリアの貴族で、お母さんはフランスのバレリーナで、黒い髪の、彫刻のような横顔を持ったミセスであった。この美人が、やはり美男子の雛型のようなアメリカのパイロットと結婚したので、自然ふつうのアメリカ夫人とは肌のあわぬところがあった。それで私のところへ入りびたるという事にもなったらしいが、このミセスはヒステリーで、そうしてとても料理が上手であった。

何か話をしているうちに、突如として今夜はうちへ食事に来いといい出す。畑の茄子を見て、これ下さい、おいしいものつくってあげるという。そんな風で、茄子にひき肉をつめて蒸煮したものだの、タコというメキシコ料理だの、いろいろ変ったものをたべさせられたが、アーティチョークもその一つであった。それは缶詰になっていて、さしわたし一寸あまりの何かの根のような感じで、かむとサクサクと筍のような歯ざわりだった。軽い酸味があった。ミセスはアンティチョークと教えた。

旦那さんの方がある日ドライブの帰りによって、この下の百姓家の庭にアンティチョークが植えてある、根をわけてもらってこの家へも植えるとよいと教えてくれた。私のうちでは早速その家へもらいに行って、種をもらったのか、根分けしてもらったのか忘れたが、とにかく翌年のいま頃には、畑の一隅に一株のアンティチョークが、ギザギザの大きなあざみのような葉をしげらせ、あざみのような紫の花を咲かせた。缶詰のアンティチョークの花はひまわりに似ているときいたのに、これはあざみのようだとふしぎに思ったが、もうその時、教えてくれたパイロット夫妻は本国へ帰ってしまって、たずねるすべもない。

七月はじめのある日、東京から女流作家のかたがたが訪ねてみえた事があった。平《ひら》林《ばやし》たい子さんがその花の前に足をとめて

「鬼あざみが咲いていますね」といわれる。

「いいえ、これはアンティチョークですよ」

と私は抗議を申込んだが、平林さんは

「鬼あざみですよ」と断固としてゆずらなかった。

秋になって紫の花はしぼんだけれども、あの筍の根のようなものは、どこからも伸びて来ない。残っているのは鱗片《りんぺん》をかさねた萼《がく》のようなものばかりで、その萼が食用になるとも思えなかった。これはやっぱり鬼あざみで、アンティチョークではなかったかもしれぬと思った。

去年はじめてヨーロッパの旅行に出て、パリの料理屋で、案内して下すった毎日新聞の林さんが

「アルティショーをたべますか」ときかれた。

「まあ、なつかしい」と、私はよろこんで、何年ぶりかのあの酸味のある筍の歯ざわりを期待したが、運ばれてきたものは、鎌倉山の畑の一隅で、いたずらにひからびた鬼あざみの蕚だった。

野尻さんのアテチョコには、つぎのように書いてある。

アーティチョークを辞書で引くと（一）朝鮮あざみ（二）菊芋とあり、全然別物である。菊芋は原名エルサレム・アーティチョークで、私の近所の畑でも見られる。ひまわりに似た小さい花が咲き、塊茎《かいけい》と葉は家畜の肥料となる。農夫は「あんなものは、人間の胃ぶくろは受けつけない」と言い、中国でも豚の飼料だときいた。しかし西洋では、ポテトー以前にはこの塊茎を牛乳で煮て、重病人に用いたという。そして味が（一）に似ているため、アーティチョークの名を得たものといわれる。

これに対し、本物の方はグローブ（球）アーティチョークで、訳名のように朝鮮が原産地かどうか、私は調べたことはないが、ブラジルやアルゼンチンがこの本場であることは広く知られている。

どうやら私は、二つのアテチョコをたべる幸運に恵まれたらしいが、菊芋も朝鮮あざみも、それぞれに味わいがあり、しかもその時々の思い出はなつかしく、終生忘れられぬものがある。パイロットの夫妻とは別れて既に六年経ち、いまはニューオーリンズに住んでいるけれど、日本から引きあげて後の生活は、あんまりらくではないらしい。二つのアテチョコをたべましたと、手紙を書いて出そうと思うが、思うばかりで果せぬうちに、夏ももはや過ぎてゆくのであろう。私は、パリの林さんにもまだ手紙を書いていない。指でつまんで一トひら一トひらかみしめたアルティショーの味はパリの味と、心にしみているのだけれど。……

朝食譜

朝の寝床で飲む牛乳入りのコーヒーほど、パリジャンにとってたのしみなものはないと、何かの本で読んだおぼえがある。ましてそれに焼きたてのクロワッサンがそえられたとすれば、アー、クセボン、ノレドノン。――なんていいんでしょ、こんちきしょ。という歌があるくらいだと教えられて、私はヨーロッパ行きのたのしみの一つに、クロワッサンを数えていた。三日月形のあったかいパン。昔からパリへ行ってきた人で、そのおいしさをたたえぬものはないくらいだが、しかし戦後は、油の質がおちたので、クロワッサンもまずくなったと云った人があった。油がわるくなってパンの味が落ちるとはどういう事かと、私はふしぎに思った。

牛乳入りのコーヒーも、以前ほどの味ではない。コーヒーはむしろローマの方がよいと云った人もあるが、それは私にはどうでもよかった。むかしむかし、銀座の資生堂で、一人前五十銭のコーヒーを飲ませるというので、早速通人の資格を得るべく出掛けて行った事がある。夫と二人さしむかいで一隅の卓に腰をおろすと、やがて運ばれて来た銀のポットに、香ばしい匂いがたち、それを茶碗につぐと、チョコレート色の濃い液体がトクトクと流れ出て、いかにも豊かな感じがした。王侯貴族の食卓もかくやと思われた。

だが、一ト口それを口にふくむと、——苦くて酸っぱくて、いくら砂糖を入れても、ミルクを入れても、それはもうどうにもならない味であった。もう一つのポットに白湯《さゆ》がはいっていて、それで適宜に調節して飲むのであったかと気がついたのはあとの話で、田舎ものの若夫婦は、からだじゅうが苦《に》が酸っぱくなったような思いで、ようやく一杯のコーヒーを飲み終り、這々《ほうほう》の態《てい》で退却した。それ以来私はコーヒー恐怖症にかかって、どんな時にも紅茶以外飲まない事にしているので、コーヒーがまずくなったというのはかまわないけれど、ただ、パリは紅茶のおいしいのがないときかされて、それだけがすこし気にかかった。そうしてまた、クロワッサンは紅茶でたべるものでなく、コーヒーでたべるものらしい。

羽田《はねだ》を六月九日、朝の七時にたって、翌《あ》くる日の晩の十一時にパリに着いた。雨あがりの夜の並樹の緑が、しみいるように鮮やかだった。カフェの軒先きに張り出したテントの色のくれないは、すこしぶどうがかって、何ともいえぬ深味を湛えていた。静かな山ノ手のホテルに泊って、そうして翌くる朝、部屋に運ばれてきた待望のクロワッサン。……

クロワッサンが、パンというよりむしろパイの一種である事を、私ははじめて知ったのである。パイの皮を着たパンとでもいうのであろうか。パイとパンの区切が、どこからどうという事もなく、いつのまにかパイがパンになっていて、そこのところが大へんおいしかったけれども、上皮のパイの方は、やっぱり油がそれほどよくないのか、期待したほどのうまさはない。私はクロワッサンを半分残して、もう一本のふつうのロールパンの方をたべた。コーヒーもやはり胃に重たい感じがした。それで翌くる朝からは、紅茶とロールパンを食べる事にしたが、私がパリに落第したのは、この朝食からであった。カフェ・オーレオーリとクロワッサンを何よりのたのしみと感じなくては、巴里の中に暮せない。

せっかく憧《あこ》がれてきたクロワッサンに失望した自分は、ヨーロッパ全体の朝食に見離されたような気持だったが、十日ほどしてパリからオランダのアムステルダムへ行き、大きな公園の近くのホテルに泊って、ゆるやかに流れる運河と、その川岸に植えられたさまざまな樹木や草花を見下しながら、四階の部屋で朝食をとろうとしたら、運ばれてきた銀盆の上を見て、私は瞬間茫然とした。

この人を見よ！　というオイッケンの書物があったが、この皿を見よ！　と私は叫びたいようであった。まず、パンが五種類、白いの、黒いの、茶いろの、ビスケット風の、ケーキ風の、そうして数は九枚。それから五寸ほどの大きさのチーズが二種類、うすい黄金いろとやや紅味のかかったのと、ハムとソーセージ。花の形の大きなバタが三つと、ジャムとマーマレード、紅茶、ミルク、さとう、白湯、——

パンもチーズもハムもソーセージも紅茶も、何から何までおいしくて、私は子供が遠足のおべん当をたのしむように、あっちをたべたりこっちをたべたり、三十分以上もかかって朝御飯を終った。運河や、緑の樹々や、運河のほとりのレストランの卓や、見下すけしきもよかったせいもあるかもしれない。そこのホテルで、私は毎日幸福だった。

そのつぎがロンドンのホテルで、ここの朝食は日本のわが家のそれとおなじく、オートミール、さとう、牛乳、トースト、ベーコンエッグ、バタ、ジャム、紅茶、それからくだもの。味は自分の家の方がすこしましかと思われたが、とにかくおなじ朝食という事は、旅先きの気持を落着かせる絶大な力を持っていた。いまでもロンドンの事を思い出すと、自分の故郷ででもあるかのような錯覚をおこすのは、ひとえにたべもののせいである。ロンドンの鮭のくん製は、北海道に生れた自分にとって、旅先きでの一ばん美味なたべものだった。

丁抹《デンマーク》のホテルの朝食は、パンとバタとチーズとハムで、チーズもハムもおいしかったが、私はお昼の方がたのしみで、一切朝食はたべないで通した。昼にはスメヨーボというカナッペがたべられたからである。カナッペの種類には、肉も魚も、レバも、野菜も、チーズも玉子も、ありとあらゆるものがあった。

ドイツの旅でも、私は朝食をたべないで過した。たった一度だけ、ミュンヘンのバイヤリッシャ・ホフという家で、朝の食堂に出てみた事があった。パンとバタと玉子の簡単な食事であったと思う。ボーイが、ジュースは何がよいかときくので、オレンジジュースをたのんだ。そうして、食事が終ってからボーイにやるチップの細かいのがなかったので、千円出して取り替えてもらおうとしたら、あなたは三百円払えばよいとて、七百円おつりをくれた。

ホテルをたつ時、勘定書を見ると朝食がついている。私は朝食代払ったつもりだがというと、このホテルでは朝食は部屋の方へつける事になっている、あなたが払ったのはべつのものでしょう、書付をお持ちですかと云われて、今朝の書付を出してみせたら、これはオレンジジュースの代ですと云われて恥をかいた。簡単な朝食が四百五十円であった。すべて高いホテルであった。

ローマではクロワッサンが出た。そうして濃いコーヒー。伊太利《イタリア》のコーヒーはちいさなカップにはいってくる。パリよりも量がすくないので、そのせいかおいしいような気がする。しかしここでも私は殆ど朝食はとらなかった。

このあいだ京都へ行った。三十年ぶりの春の京都である。京都へはどういうものか秋ばかり縁があって、ようよう三十年ぶりに春の京都に会えたのであった。円山《まるやま》の有名なしだれ桜はすでに老齢、姿を消してしまったけれども、今年ははじめての八瀬《やせ》大原《おおはら》の夕ざくらを見た。東山高台寺《ひがしやまこうだいじ》の土井《どい》という家へ泊めてもらい、花見のかえりその家へはいってゆくと、大きな門から段々の、のぼり坂になっていて、坂の中途にかがり火がたいてあり、見上げるような大樹の山桜が、満開の花の枝をさしのべて、そうしてその上の空に十日あまりの月が、やわらかくかかっていた。

あくる朝、この宿の食事は、実にうまく炊けた白い御飯と三州《さんしゅう》味噌の汁、わらびのあえもの、ふきとなま麩《ふ》のたきあわせ、つけものは菜の花きゅうり茄子に細根大根の白いのとたくあんの黄いろも取りあわせて、ああ、日本の朝の食事は、いかに見た眼も美しく、その味も深い事かと、しみじみ思った。

だが東京へ帰って、あわただしい生活の中へかえると、京の宿の食事を毎朝たべたいとは思わないからふしぎである。あんな贅沢は一年に一度で十分という気がする。おなじ日本の中でいて、京都は遠い外国のように思われる。わが家の朝は、相も変らぬオートミールとハムエッグ、ジャムはロンドンのホテルよりもうまい浅間ベリーで、これは国産の誇りである。此頃の季節には苺をつぶして、パンになすくって満足しているが、折々ふっとパリのクロワッサンを思い出すのは、ないものねだりのあまのじゃくのせいか、それとも一年の日数を経て、ようようそれのうまさが、舌の上に蘇って来たのであろうか。よくよく私は鈍感な人間であるらしい。

日本のビフテキ

半歳《はんとし》の旅の終りのローマで、ある日しみじみと人から、早く日本へ帰っておいしいお茶漬がたべたいでしょうねと云われ、いいえ、ビフテキをたべたいと思っていますと答えたら相手はちょっと妙な顔をした。ビフテキなら西洋の方が本場なのにと思われたにちがいない。

厚さ一寸に近く、切るとまん中からポトポト血のにじみ出すビフテキ。緑あざやかなレタスを添えて、それにちょっぴり白い御飯も添えてたべるわが家の食卓を思い出すと、旅の空で私はときどき郷愁にとらわれた。おすしでもない、お茶漬でもない、西洋料理の国にいてビフテキをなつかしんだとは、うそのようなほんとの話で、私は西洋でただの一度もそういうおいしいビフテキにめぐりあわなかったのである。巴里やロンドンで一ト晩一万円ぐらいのホテルに泊れば、血のしたたるビフテキにお眼にかかれたかもしれないが、せいぜい二千円程度のホテルでは、食堂もあったりなかったり、食べに行くレストランも高級ではないから、分の厚いビフテキなんか出て来ない。ローマでは殊にビフテキというと、日本の焼肉のようにうすく切って網で焼いたもので、しゃれた料理ではあるが、カスカスしていて、じゅうと肉汁のしたたるうるおいがない。

ローマでは着いたその晩すぐ、ヴァチカンの井上《いのうえ》公使御夫妻に、スパゲティの王様という家へ連れて行って頂いた。白い髭《ひげ》をピーンとカイゼル型に生やした老主人が、卓の上へスパゲティの大皿を持ち出して、粉チーズをふりかけ、音楽にあわせて踊りながらそれをまぜる。まぜ終ったところでそれぞれのお皿へ取りわけて配るのだが、私にはグッドラックと云って、最後に残った大皿のまま与えた。残りものに福ありとは西も東もおなじことわざかとおかしかったが、その大皿に添えて、特別に大きな金のお匙《さじ》とフォークもあてがってくれた。ダクラス・フェヤバンクス、メリー・ピックフォードの夫妻から、このスパゲティの王アルフレッドに贈られた貴重品だそうである。私は生れてはじめて金のフォークでものをたべ、そのせいかスパゲティも大へんおいしいと思ったが、あんまり量が多すぎて半分もたべられない。お匙を受け皿のようにして、その上でスパゲティをくるくるとフォークにまいてたべるのだが、まわりの人は実に手際よくするするとたべてしまう。隣の卓に首からナプキンをかけた紳士がいて、しきりにスパゲティをたべているから、あれは田舎から来た人でしょうねと井上公使に云うと、いいえ、首からナプキンをかけているのは生粋《きっすい》の伊太利人です。スパゲティをたべる時はあぶらが飛ぶので用心するのです、と教えて下すった。

伊太利の料理はおいしいときいていたが、やたらにオリイヴ油とチーズがはいっていて、私は一週間たたないうちに飽き飽きした。何といっても西洋では、巴里の味が一ばんコクがあって、しかもさっぱりしていると思われる。丁抹からドイツをまわって三度目に巴里へはいった時、もともとレストランのないホテルで、いつも内しょで食事をつくってもらっていたのが、あいにくその日は女中が休みで、お茶さえも出来ないから、近所のレストランへ行ってくれと云われて、一人ぼっちで雨あがりの夜の町へ出て行った。

リウ・マスネという町はずれで、どうせろくなレストランもないと思われたが、いつまた雨が降るかもしれないので、とにかく一ばん最初に見つかった家へはいってみた。はいったところにすぐ大きな卓があり、その上にオルドウブルと云った風の、鰊の酢漬やオリイヴの実や、トマトやレタスや、いろいろなものがならべてある。店の中はふるめかしく、銅製の大きなお皿が壁にかけてあったりして、いささか北欧風の感じがした。卓についてあたりを見ると、客は自分一人、主人らしい若い男が一人、びっこをひいているよぼよぼの老給仕人が一人、ランプは一つ一つ卓の上にあって、ほのくらい。とにかく冷たい肉とサラダを注文した。知らないうちへ行った時は、いつでも冷たい肉ときめてある。これが一ばん安全だからで、ホテルなどでも一度冷肉をたべてみると、大ていそこの味がわかる。それでこのうちでも冷肉を注文すると、肉はないが冷たい鶏がある、それではどうかと云う。

鶏はカスカスしているのが多いから困ると思ったが、肉がないとあれば鶏でも仕方がないから、それを持ってきてもらって、一ト口たべてほんとうに飛びあがるほどびっくりした。実に何ともいえぬ微妙な味つけで、塩も胡椒も何もいらない。そのままするするとのどの奥へすべってゆくうまさである。ドイツでもウィーンでも、一流のホテル、一流のレストランばかりだったのに、いかにまずいものをたべさせられていたかという事がはっきりした。サラダの味もよかったし、食後のアイスクリームはくだものがはいっていて、そのくだものがセリ酒ででも煮てあるのか、プーンといい匂いがしてこれも至極上等だった。

私がたべ終るころ、そろそろお客がはいってきて、土曜日の夜なので家庭連れもあり、映画の帰りらしいのもあって、入口の卓のオルドウブルを持って来させて、卓の上で自分たちが調合しているのもあった。明日の晩は一つあれをたべてやろうと、たのしみにして帰ってきたが、あくる日は急にホテルを代ったので、そこへは行かれないでしまった。ねだんも安く、鶏一皿四百法《フラン》だったと思う。そういう家でビフテキを注文してみたら、自分の好みのものをつくってくれたかもしれないが、しかし原則として外国の牛肉は日本のものほど滋味に富んでいないようである。日本の肉は、すき焼はすき焼、ビフテキはビフテキ、それぞれに深い味がある。

日本の料理は、西洋料理でも外国のよりおいしいと云ったら、人は笑うであろうか。しかし私はそう信じている。

精進料理

青葉に雨が煙っている。松、桜、欅《けやき》、椎の樹、銀杏に樫に、――ありとあらゆる樹々が、青葉の枝をさしかわし、十四万坪ときく一山ことごとく緑につつまれて、文字どおり万緑とよりほかに云いようもない。その万緑に雨が煙っている。

私たちが鶴見《つるみ》の總持寺《そうじじ》を訪れたのはそういう日であった。晴れていれば近所の子供たち、ピクニックや団体の人たちで、賑やかすぎるほどだという境内も、雨のおかげでひっそりと、まこと幽邃《ゆうすい》の地といった感じで、精進料理を頂くには、打ってつけの環境だった。すべてものの味は、時、ところ、あたりのけしきによって左右されること、すくなくはなく、風の日と雨の日とでは、自《おのず》から相違がある。

精進料理というもの、ほんとうにお寺で修行僧のつくった精進料理を、私はまだ一度もたべたことがない。子供の時から精進料理が大好きで、法事の時のこんにゃくのおさしみ、長芋の酢のもの、くわいの都あげ、ぜんまいの白あえなど、いまだに忘れられない。ばかりではなく、しょっちゅう家でもつくってもらう。最近は酢ばすと胡麻酢あえ(これは胡瓜と油揚と椎茸、しらたきを胡麻酢であえたもの)に凝っていて、そのどちらかがなければ、御飯がおいしくない。

控えの洋間で、副監院の室崎師、副寺の鈴木師からお話を伺った後、広間の方へ案内された。禅家の食事は朝を小食といい、昼が点心、夜が薬石。薬石がいわゆるディナーであろう。私たちのよばれたのは、点心であった。本膳のほかに二の膳三の膳とついた本格的なもので、朱塗りのお膳が三つならんだ前に坐った時は、久しぶりに旧家のお振舞いによばれたような気がした。二十畳あまりの広い部屋。そこの上座に床の間をひかえて、石川社長、婦人記者、それから典座の田中師と四人が席につく。何となく荘重な、あらたまった感じがする。一昨年の夏、北鎌倉の円覚寺で、ある人の追悼茶会に精進料理を頂き、また去年の秋、京都紫野《むらさきの》の大徳寺《だいとくじ》で点心を頂き、この春、松戸萬満寺でやはり点心を頂いたが、それらはいずれも料理人の作になるもので、總持寺のように若い修行僧がつくったものではなかった。

吸物と汁と白飯をのぞくほか、料理ははじめから全部お膳の上にならべてある、その料理のかずかずを一トわたり眺めた刹那《せつな》、ふと胸が迫った。自分にも男の子があるせいであろうか。いずれは一山一寺の住職となるべき人たちの、これも修行の一つと思えば、仇《あだ》やおろそかにはたべられない。私は心の中に合掌して箸をとった。

くるみ豆腐、たたきごぼう、お平のひりゅうず、それぞれ実においしく出来ている。小鉢の春菊あえも、深皿の中華料理風なのもなかなかしゃれていたし、三の膳は全部料理屋のように美しく出来ていたが、たべながら味わいながら私の考えたのは、これらの味がすべて都会風で、繊細だということだった。そうしていまの修行僧たちの好みがそこにあるとすれば、――私は時代から取残された一人かもしれない。

私が料理人でない素人の修行僧に期待したのは、うまさよりもむしろ不味さであったかもしれない。そうして不味さの中に何か一つ、ぐっと人を惹きつけるもの、図太いもの、頑固なもの、そういうものの存在を期待したのであった。それは既に料理ではないかもしれない。料理はうまければそれが最上ではないかと人々は云うであろう。だが私は敢えてそれ以上のものを求めたい。市場の料亭なればそれでよいけれども、禅家の修行僧には、それ以上の、あるいはそれ以外のものを望みたいのである。私は料理を人格の一つと思っている。

食事が終ってから若い接待吉川師の案内で、八十五間の長廊下をわたって堂内を拝観した。廊下のそとは行けども行けども、緑したたる青葉の林で、その青葉に飽きずに雨がそそいでいる。納骨堂のうしろの廊下に出ると、その前が墓所になっていて、春はさぞと思われる桜の大樹が、ぽとり、ぽとり、葉末から雫をしたたらせている。さながら深山幽谷に迷いこんだ心地である。

ふたたび長い廊下をかえってくると、入口に近い部屋の中で、水兵服の少女たちがきゃっきゃっと騒いでいた。急に人里へかえった気がしたが、それにしても禅寺に女学生とはとたずねると、二百名ほどの人数が今夜泊って参禅もあり、日曜参禅会というのがあって、一般人も参加出来るし、それにはいると渡邊貫主とさしむかいで問答も頂けるという話である。

そういう話をきいているうちに、早くも夕べの支度がはじまったというので、私たちはまた台所、ここでは典座寮とよばれているところへ出かけて行った。学校の講堂ぐらいもある広い場所、大釜に炊きあげられた白飯からは甘い湯気がたちのぼり、大鍋には味噌汁が香ばしい匂いをたてている。大根、人じん、キャベツ、蓮根、刻んだり煮たり、全員百数十名の僧侶の上に、泊り客の分までつくるその忙しさ。若い人たちの修行なればこそ出来もしよう。みんないきいきと、頰を紅くして作業に打ち込んでいる。

若い人たちだ、としみじみ思う。總持寺の精進料理に、此処でなくてはならぬという一品を、創り出してもらいたいとしみじみ思う。たとえば年じゅう絶えぬ卯の花をつかって、よそでは真似られぬ何かを、——そうしてそれが代々伝えられてゆくような何かを、創ってもらえたらと思う。あるいはまた、すこし贅沢かもしれないが、梅干と昆布の砂糖煮をどの献立にもつけるという風なやり方も、他のすべての味をそれ一つでひきしめることになる。總持寺の伝統は、この若い人たちから創られて行ってよかろう。うっそうと茂った青葉はまだ四十年に過ぎないのであった。

田舎家

ある雑誌社から、あなたのいまほしいもの、探しているものを書いて下さいという葉書をもらい、返事を出そうとしたところ、ほしいものも、探しているものも、一向あたまに浮んでこないので、われながらおどろいた。無欲恬淡《むよくてんたん》なせいではない。ほしいものは山のようにあるけれども、すべて願って叶わぬ事ばかりと、あきらめの日常が、自然にほしいものを忘れさせてしまったのである。

小鰺《こあじ》の煮びたし、きゅうりもみ、紺いろの茄子の新漬、まっしろな象牙の箸、お茶碗はごくうす手の染付《そめつけ》で、おしたじつぎはぼってりとした赤絵。もみじ材のちゃぶ台に手ぎわよくならべて、清潔なふきんがかけてある。北窓のすぐそとの栗の梢に、こまかなクリームいろの花がぼうと浮んで、青葉のみどりがふきんの上にまでうっすらとかげをおとしている。……

ふっと、こんな情景が浮んできた。三十年前のお昼の支度であった。ああ、あんな時もあったと、私のまぶたにはかすかに涙がにじんできた。ゆきてかえらぬ過去の日を惜しむわけでもなく、いまそういう生活をしたいとおもうわけでもないのだが、そういう生活をしたいと思わぬ自分に、何となく涙がこぼれるのである。

春の休みの一日を、熱海《あたみ》の花見に連れて行くという人があり、熱海の桜は殆ど十年ぶりと心にかぞえ、うれしく自動車に乗せてもらった。いじわるく、くもった空が途中から雨になり、国府津《こうづ》、小田原《おだわら》のあたり、道路にむかってすぐ障子を見せたふるい家屋に添うて、番傘をさしてゆく人、紺の蛇の目、渋蛇の目、昔ながらの風景に、足駄の爪皮の紅のいろまで、美しいと見て過ぎたが、春の静かな雨なればこそ。一トたび風をともなう吹き降りともなれば、もろくも崩れる姿である。

早川《はやかわ》、根府川《ねぶかわ》、湯河原《ゆがわら》、熱海、……はじめて通る海沿いの道は、ジャワのスラバヤからワニアンギへ出る道とよく似ていて、ふと山かげのくさむらから、猿が駈け降りてくるような錯覚にとらわれる。人気《ひとけ》のない場所を見つけて、各自持参のおべん当をひらくピクニックの予定であったが、雨はいよいよ降りしきり、思わぬ雨に、ふろしきやハンケチをかぶった人々が道にあふれて、どこにくるまのとめようもないままに、もとさる富豪の別荘であったという旅館へ、ともかく部屋だけ貸してもらうようにたのみこみ、門をはいっていく曲り、林泉美しい庭園の一屋に案内されて落着いた。

田舎家へと、マネジャアがささやいていたようだが、それは独立した一つの家で、入口をはいるとすぐ、十二畳ほどの板の間の、まん中に炉が切ってあり、まわりにゆったりと椅子がすえてある。朱塗りの見台風のスタンドや出窓のところをベンチにみたてて、縞のほそいざぶとんが敷いてあるのや、いかにも風雅で、その上、炉にはあかあかと火がもえている。

板の間から一尺ほど高くなっているざしきは八畳で、その隣に六畳間、水屋がついていて、そこの縁側から庭石づたいに、はばかりへ行くようになっている。六畳におかれた朱塗りの鏡台も古風に美しく、食事のためにと運んでくれた中皿の、外人のお客さまですからわざと日本のものにいたしましたという染付が、なつかしく眼にしみた。みんなもよろこび、その皿の美しさをほめながら食事をはじめたが、私のおべん当は、やき鳥、あわびのしおむし、牛肉とごぼうのお煮〆《にしめ》、ほうれん草、ハム、白胡麻をふった幕の内に、たくあんとらっきょうで、好物ばかり揃えたのであったけれど、しかしそれより、すすめられる骨付のチキンの、揚げて焼いたものの方がはるかにおいしく、ポテトサラダはきらいだという私のために、わざわざフライしてきたのだというポテトの細切りが、いくらでもたべられる。お菓子も宿で出してくれた品のいいおまんじゅうより、ホームメードだというくるみ入りのヌガーや、ふっくらと焼けたスポンジケーキの方を、おいしいと思うのであった。

子供二人、大人七人の賑やかな食事が終って、さて起とうとすると急にはたてない。考えてみるとこの四五年、殆ど坐って食事をすることなく、日常に、椅子の上には坐っても畳に坐るという事はないのであった。しびれを切らしてよろよろしている私に、一人の夫人が、便所はどこと日本語できく。顔があかくなり、汚ないけれどと云いわけして、紙もお持ち下さいと渡して、さてため息が出た。庭石づたいに行くはばかりは、茶人好みのしゃれたつくりであったが、昔ながらの、暗く、臭気に満ちたものであった。これほど風雅な家のうしろに、そのような便所があり、それを誰も怪しまぬのが日本なのである。

この家はとてもすばらしいが、私たちには住めない、ヒーターがなくてはとても寒くて住めないと、夫人たちはいうのであったが、かかる住居にヒーターは不可能で、せめて炭火で我慢するよりほかなく、そうして私にも、温泉につかって炭火で我慢する生活は、もはや不可能となっている。

小鰺の煮びたしときゅうりもみ。……なつかしいがいまの私は、小鰺のフライにフレンチソース、きゅうりは生のままかじる事を、よろこびとするであろう。しかも三十年前の茶の間の情景は、ひそかな涙を誘うのである。

自分のいま、真に欲しているものは何か、さがしているものは何か、われながら判断に苦しむ。ふるきをしたう思いと、新しきをよろこぶ心とが入りみだれて、私はそのいずれがまことの己れであるかを、知らぬ。

タコ

新しい外国の雑誌がとどくと、長女の麗子はまず料理の頁をさがし、一ト通りそれを読んでからほかを見る。長男の細君の和子は、一も二もなくニュールックを、まるでそれが逃げてゆきでもするかのように大急ぎでくいつき、私は家や家具や庭園などをくり返し飽きずに眺める。

この三人三様の読みかた、——ではない眺めかたは、いつでもきまっていて、私はそれをひそかに面白い事だと思っている。本来なれば、麗子は帽子洋裁店を経営しているのだから、いの一番に新しい流行を見るべきであり、和子は主婦であるから料理の頁を読むべきであり、そうして私は新刊紹介の頁を見て、新しい本の名前だけなりともおぼえるのが当然であろう。だが、実際はこういうゆきかたになっているので、それが各自の天性なのか、それとも人間には、自分の職業からはなるべく逃れていたいという、……つまり責任逃避の気持があって、そのためぜひ見なくてはならぬものはあとまわしとし、自分をたのしませてくれるものの方を、まず第一に見るという事になるのであろうか。ともあれ、一つの家で三人の女が、それぞれ衣食住に対する関心を分担しているのは、私にとってなかなか興味深い事なのである。

麗子が料理の頁を読んだ日の夕飯には、必ず何か新しいものが出てくる。このあいだはチキンカツレツにホワイトソースがかかっていたので、ふしぎに思いながらたべてみると、カツレツの味がちがっていてひじょうにおいしい。フライしたものをまた天火で焼いたんですよと麗子もいささか得意である。ビフテキにマシュルーム入りのおいしいソースがかかってきた事もあった。スコットランド風のビフテキにマシュルームというのが出て来た事もあった。家の中に料理の好きな者がいるのは、仕合せな事だとおもう。

むかし、鈴木三重吉《すずきみえきち》先生は糠みそのやかましいお方で、くわしくその製法を伝授された事があった。興味のない私はもうすっかり忘れてしまったが、鈴木家ではその糠みそへ、きゅうりなり、小かぶなり、大根なり漬けた時、いちいちそのそばへ時間を書いたきょう木をさしこんでおく。きゅうりは何時間、大根は何時間と、たべ頃の時間がきまっているからであった。先生はつけものにおしたじをかけてたべる事はきらいで、糠みそなら糠みそそのままの味を賞味されるのであった。糠みその大根をうすく切って、パンにはさんでたべるのが大好きであった。いつかお相伴した事があったが、まったくおいしいものであった。あったかい御飯にビールをまぜて、その中へほそい胡瓜を一夜漬けにして、その胡瓜を冷蔵庫で冷してたべるというのを教えて頂き、これは実行して、夏日の清涼な食味をたのしんだが、このごろの自分は、胡瓜は一切なまでたべる。きゅうりばかりでなく、トマト、キャベツ、人じん、うど、浜防風《はまぼうふう》、——野菜はできるだけなまでたべる方が、清々《すがすが》しく血が洗われるような心地がする。

御近じょのあるミセスが、タコを御ちそうするからいらっしゃいと云われた。日本の章魚《たこ》の事かとおもい、どんな風に料理するのかと御ちそうになりに行くと、まるでちがったものが出て来た。食卓の上には、深い器にこんがりとおいしそうにいりあげたひき肉が盛ってあり、そのとなりの平皿には、たてにうすく切った胡瓜が瑞々《みずみず》しくならんでいた。生玉ねぎをきざんだものと、紅いケチャップ、まっしろな粉チーズが、一人前ずつつけてある。やがて運ばれてきたのは、大きなまるいおせんべいを、油であげてしなしなさせたような小麦粉の皮で、あったかいそれをお皿にとり、ひき肉をのせ、玉ねぎをのせ、胡瓜をのせ、チーズをふりかけ、唐辛子を入れたケチャップをたらたらとたらして、おせんべいをくるくるとまいて、手に持ってたべるのであった。トマトの季節にはトマトを入れると一そう美味であるとミセスが説明する。

タコというのはその皮の名前で、缶にはいって売っているのを、家ではただ油であげるだけの事だそうである。中華料理の、鴨と生ねぎと味噌とを白い餅皮でつつんでたべるのとよく似ている。日本でも地方料理にどこかこんなのがありそうな気がするが、まだきいた事がない。

このおくさんはまだ若いけれども非常な食通で、同時に魚の事も野菜の事も実にくわしい。広くはないが美しく整備された菜園を持ち、朝夕必ずそこへ出て行って親しく世話をやいている。アメリカからとりよせた種子で、アメリカの肥料で育てる野菜は、ちいさなラデッシュ（二十日大根）一つにしても、サクサクと舌の上でとろけるように甘美である。ミセスは私の怠慢を責め、あんな広い畑があるのに、あなたはどうして見廻らないのかと、会うたびに叱言を云われるが、私は家の設計図ばかり書いていて、畑へは殆ど出てみた事がないのである。

書斎にしているベランダの前の、芝生のむこうはおかめ笹の藪になっている。それがみんなの気になるらしく、ある人はあそこに百日草を植えるとよいという。いつまでも花が咲いていて賑やかだからというのである。百日草という花、私あんまり好きではないのですとことわったが、今度はミセスPが、チューリップを植えるといい、自分はもうあなたのために、紅と白と黄とピンクのチューリップを注文してあるという。バラの苗も注文してあるという。

外国の雑誌を見ると、家の入口、庭のそちこちに、あふれるように花が咲かせてある。つるばらのアーチもあれば、クロッカスの小径《こみち》もある。アネモネが風に吹かれ、ガーベラが朱を点じ、秋はサルビヤが紅きを誇るのであろう。空の青さがおもわれるように明るく華やかで羨ましいが、かえり見て自分のこの住居に、そのような花を咲かせるのはいささか不調和な気がされる。

一日、鎌倉の知人を訪問してかえってきた主人が云った。某さんがあなたの庭へは絶対に西洋草花を植えないでくれと云っていたよ。桔梗《ききょう》を植えて下さい、桔梗はいいものですよと云われたがね、どうしますかね。

桔梗なら植えなくても生えているわ、もっともたった一本ですけれどと、私は去年の九月、ゆくりなく笹藪の中に見出した一輪の紫を思い出して答えた。暁の星のように、しっとりと露をふくんで、清らかな姿であった。

四季に添うて

京都料理というとすぐ浮ぶのは瓢亭《ひさごてい》、道ゆく人がちょっと腰かけて、一杯の茶に疲れを休めたかと、昔おもわせるような古風な腰かけの入口から、せまい小道をだらだら下って行って、通されるのはやはりちいさな、ろうそくの煤が天井を染めたようにくろずんだ茶室風のへや。せまいながらも部屋々々からの眺めを十分に考慮してつくられたかと思う庭。池があって鯉もいる。それから女あるじのふくよかな白い頰、緑と茶じまの紬《つむぎ》の着物、そうして最後にあの有名な煮ぬき玉子。

これだけの背景が揃って、料理の味がひとしお身にしみるように思われる。すべて料理はそうしたものにちがいないが、とりわけ京都料理にその感を深くするのは、京の味というものが、一たいに淡白で、鳥獣の重たさがなく、たべたあとで舌なめずりするようなしつっこさをふくまぬせいではあるまいか。朝がゆをたべるために、わざわざ都ホテルに泊って、そこから出掛けて行った事もあったが、自動車で行く道はもはやしろじろと明るいのに、あの小部屋に通されると、ここはまだ昨夜の夢がただようているようなうす暗さで、運ばれた朝がゆにようやくはっと朝の眼をさまし、露ながら明けゆく庭に、しのびよる秋の気配を感ずるのであった。

瓢亭のつぎにおぼえているのは辻留《つじとめ》で、これはいつであったか、都ホテルの裏山の離れで、大阪の佐多《さた》博士から御馳走になったのである。羽左衛門《うざえもん》夫妻、家橘《かきつ》夫妻、桐山《きりやま》いせ女という顔ぶれで、羽左衛門は殊の外きげんがよく、料理をほめて酒を過したが、翌くる日から南座の顔見世興行を休まねばならなかった。時雨《しぐれ》の寒い夜だったから、風邪《かぜ》をひいたのかもしれない。あんまりおいしかったのでたべすごしたのかもしれない。いまは羽左衛門も佐多博士も亡き人の数に入り羽左衛門未亡人とは戦争以来おなじ山に住みあわせ、いせ女は疎開したまま京都に残って、岡崎のあたりにいせやを開業したときく。いせやのすっぽんの味は天下一品だけれども、これはやはり大阪の方へ入れたい。

辻留は裏千家のおよばれにも頂戴した。どんなごちそうであったか、いまではすっかり忘れてしまったが、そういう風に品々は忘れてただ、おいしかったという思い出の残るところが、京都料理の特徴であろう。器のとりあわせ、盛りあわせの美しさ、それが料理の重点となるところに、京都料理の真髄があり、それが即ち日本料理の本領といえよう。

京都の町に一度も住みついた事がないので、料理屋の味より知らず、一般の家庭ではどんな食味をたのしむのかわからないが、よその土地では料理屋と家庭に大きな差があっても、京都だけは殆ど変りがないのではないかと思われる。湯葉や椎茸、高野豆腐、白みその椀に海老芋のふっくらと炊いたものなど、東京でけなりイなあと思うようなものを、誰もが日常にふつうにたべている。就中《なかんずく》羨ましいのは漬物で、千枚漬、柴漬、菜の花漬、ひのな、すぐき、ちょっと思い浮べただけでもこれくらいあるのだから、一般家庭で漬けてたべるものはさぞ幾種類もあり、さぞおいしかろうと思われる。私の生れた北海道も漬物の豊富なところで、大根の水漬、杓子菜《しゃくしな》のお葉漬、枝豆の塩漬、変ったものでは身がき鰊を大根キャベツなどと漬けこんだ鰊漬というのがあって、これは私の大好物だけれども、京の風雅な漬物とはおよそ趣きを異にし、寒の最中、大きな炉ばたの湯づけ鍋からフウフウと湯気のたつ湯づけをしゃくいとり、しおびきの焼いたのと鰊漬をおかずにたべるのが、冬の日のたのしみの一つであったが、万事大まかで、原始的な食味であった。

京都のものはすべて繊細で、つやがあり、長い伝統の美しさがこもっている。千枚漬一つにしても、函館にも赤蕪《あかかぶ》の千枚漬というのがあって、京都を知らぬ者には最上と思われるが、これはひなびたところに味があるので、京都の千枚漬のすっきりと胸のすくような香りはない。春浅き日のすぐき、ゆく春の名残りを惜しむ菜の花漬、京の漬物は京の四季に一そうの風情をそえる。暮にいせ女からひのなと千枚漬を贈られて、迎春の念を新しくしたのであったが、冬ごもりの今日、枯芝にけむる細雨を眺めつつ、ふと、ぜんまいの白あえを思い出した。それも京都でたべたのが、一ばんおいしかったと思う。

海鼠あり

肉と魚がどっちが好きかと問われると、言下に肉と答える。ハムは毎日でもいいし、鶏も一日おきぐらいにたべたいと思う。鳥獣肉と新鮮な野菜さえあれば、魚はなくても暮せると思う。——思ってはいるが、まだそういう生活はした事がない。関西生れの主人が魚を好きで、肉はいらないから毎日魚をという注文だからである。さんまがはじめて配給になった時、ちょうど主人がるすだったので、女中たちにきいてみると、誰もたべたくないというので、配給をことわった。夕方帰ってきた主人が、きげんのいい顔で、今日はさんまの配給があったろうという。ええ、ありました、でもうちではとらなかったのよというと、「どうして、初物じゃないか」「だって誰もたべないんですもの」「誰がたべなくたって俺がたべる。安いものだ、買っておいてくれたってよかったじゃないか」

この話をきいた長男の細君が、その後配給のあった時、五十尾も買いこんで、しかもそれがあまり新鮮ではないさんまで、処置に困った事件が起きたりした。私はとれたてのさんまのはらわたの、ホシというのが好物で、これならいくらでもたべるけれど、身の方はどうでもよい。

一たいに魚は、はらら子やしら子が好きで、そのつぎには顔肉、唇のぶるんとしたところ、鮭などは皮がいい。おさしみは好きではないが、河豚《ふぐ》なら幾皿でもおかわりするし、はまち、さよりの糸づくりなど、好物の部類である。いつか大阪のいせやのおかみさんに、鮎のいいのがあるが何にしてたべるかときかれ、鮎は好きでないからとことわったあとで、さあ、せごしならたべますがというと、せごしをたべる人が鮎をきらいとはと、背中をどやされて叱られた事があった。鮒《ふな》の辛子酢みそ、鱧《はも》の梅肉あえ、なま鰊のぬた、鰺の敷みそ、白魚、海鼠《なまこ》、――海鼠あり白粉つけて女哉という句を、鈴木三重吉先生から頂いた事があるが、海鼠というとすぐ、置火燵《おきごたつ》のかけぶとんの、はなやかな友ぜんもようが浮んでくる。そとには静かに雪が降って、……

長男の結婚披露を、北海道の細君の実家でした時、うちの主人は海鼠の酢のものを九人前おかわりしたので、いまだに話の種になっている。雪の降る十二月初めであった。

うちの家庭料理の一つに、小鯵とか小鯛とか、鮎、やまめのようなさっぱりした小ざかなをさっと揚げて、甘酢にひたし、一日おいてからたべると、あたまから骨まですっかりやわらかくなっている。これはアメリカの人たちにも気に入って、どうしてつくるのかと、しばしば製法を問われている。鮎や、やまめは、煮びたしもおいしいし、落鮎の田楽もなつかしい。

芝えびをすりつぶして、パンにつけて揚げたのは、支那料理でおぼえたのだが、これをたべてよろこばぬ外人はない。外人は魚をたべぬときいたが、それはあの人たちの多くが、魚のない国に育ったからで、日本へ来てからはみんな初めて生きている魚の味を知り、鰯《いわし》よりも、まぐろよりも、やっぱり鯛が一ばんおいしいという事も知ったようである。あわびの塩むし、蛤のうしおなど、ワンダフルだという。

海老、かに、貝類はなんでも一切。いかのしおから、このわた、からすみ、……いつか夜明しで起きていた時、大阪のつるやの玉子せんべいを一枚たべては、岡山の初平《はっぺい》からもらったからすみをちょっとかじって、到頭からすみ一本たべてしまった事があった。はな血が出ませんでしたかとか、お腹をこわしませんでしたかとか、その話をきいた人はみんな呆れるが、私の胃の腑《ふ》は、巴《ともえ》、板額《はんがく》のたぐいであろう。からすみの一本ぐらいではビクともしない。

魚の事は、書いても書いてもきりがない。私は魚より肉が好きだといっているけれど、それは家の中に魚好きがいるせいで、もしもほんとうに肉ばかりで暮せといわれたら、三日たたぬにもう魚の、淡白な味を恋しく思うにちがいない。あんまり魚がありすぎて、どうでもよく、それは米の飯と同様に、生れた時から身にしみついてしまっているので、魚なんかと粗末にするが、思えばまったくわれわれは魚に恵まれ、魚なしでは生きてゆかれぬ日々である。菊の花びらを一しょに漬けた秋田《あきた》の鮭ずし、神通川《じんずうがわ》の鱒《ます》ずし、京都の鯖《さば》ずし、大阪の小鯛の雀ずし、……米と魚とかくも見事にマッチさせた先人の味覚には、あたまがさがるばかりである。

蓬草紙

一

東京から帰って来た長男と長女が、あんな奴見た事ないねとか、まったく感じがわるいわとか、しきりに憤慨している。何の話かと思ったら、銀座うらのある喫茶店で、へんな二世に会ったというのである。

その二世はハリウッドのキャメラマンで、何処かへギャング映画をとりに行った時、アールカポネの十八番目の子分と仲よしになった。ギャスという名の男で、いま日本へ来て大蔵省の宿舎に住んでいるが、非常におとなしい紳士的な男なので、誰も彼をボスである事に気がつかない。夜おそく彼のところに遊びに行くと、よく来た、何か御馳走してやろうと、とたんにすっぱだかになって、腰にタオル一枚まきつけたなりで、台所へ駆けて行き、大きなパンを三本抱えて来た。それから缶詰をあけたりなどして、夜中の宴会をひらいたが、最初は飛びつくようにおいしかったパンも、三本目には見るのもいやになってしまう。しかしパンはどうしてもたべてしまわなければならず、またすこしのかけらでも床にこぼれては具合がわるいので、塵《ちり》ほどのパン屑も落《おと》さないように、大きなパンをみんなたべてしまうのは、なかなか辛い仕事である。三本目のパンは、途中で一度休んで、それからしばらくしてたべたら、うまくたべてしまう事ができました。喫茶店の人たちは、みんな感心してその話をきいていたそうである。まっしろな大きなパンを、たべてしまうのに苦心するなどとは、いまどきもったいない話だと、みんながそれに気をとられていたのであろう。直接きけば私も感心したかもしれないが、また聞きではどうも腑に落ちない事ばかりである。ねえ、どうしてパンを盗みに行くのに、はだかでなくちゃいけないのと、子供たちにたずねると、そんなこと僕にだってわかりませんよ。まあ何となく話の調子が面白いから、すっぱだかにしてしまったのかもしれませんねと云う。

その二世はまた、こんな話もした。

夜おそく、渋谷の駅の近くを歩いていたら、むこうからやって来た男が、いきなり自分にピストルをつきつけた。自分はアイモを抱えていたので、ヘイ！　カムオンと叫んで肱《ひじ》で相手を払ったら、むこうはマシンガンを持っていると感ちがいしたらしく、両手をあげてしまったので、自分は相手の手からピストルを取りあげて、それを傍の川へたたきこんで帰って来ました。

この話もおかしい。

私はまた子供に質問した。

どうして、進駐軍のひとにむかって、ピストルをつきつけたりしたんでしょう。へんね。

ママみたいに、どうしてどうしてってきいたってしかたがないわ、その二世がそういう話をしていたんですもの。子供はもう私の相手なぞしていられないという調子で、ほかの話へうつって行った。しばらくして私が、まあ二世といったってピンからキリまであるのだからと呟くと、ママはまだこだわっていたのと、みんなから笑われた。

一週間ほど経って、子供がまたその喫茶店へ行くと、お隣の夫婦がやって来て、あんな人を紹介してほんとうにすみませんでした。おたくではべつに被害はございませんでしたかと、しきりにあやまっている。何の話かと思ったら、あの二世の事なのであった。彼はまっかなニセモノだったのである。

どうしてニセモノとわかったかというと、だんだん話をしているうちに、彼は殆ど英語を知らないという事が、はっきりしてきた。日本で育った二世なればともかく、進駐軍としてやってきた二世が、英語をしらないというのはふしぎである。彼がれいの通り、何処そこで何とかいう中尉と待ちあわせて、中尉が来たとか来なかったとかいう話を、得々として弁じている時、彼は、その中尉の名前をいまちょっと忘れたけれどと云って、傍から喫茶店の男の子が、中尉のことはリュウテナントというのですねと、何心なくたずねたところ、彼はとたんに、そうそう、そのリュウテナントさんですよと、来なかった中尉の名前にしてしまったのであった。さすがにみんなが怪しんで、化けの皮がはげてしまった。

おかしいおかしいとは思ったが、私はまさか、ニセモノとまでは気がつかなかった。日進月歩、いろいろ新手の商売が現われる。子供たちは彼の話を拝聴させられたことに、新しく腹をたてた。ニセモノと知って、私は安心した。

二

朝も昼も夜も、ラジオは選挙の事ばかり云い、新聞はうらもおもても選挙の事ばかり書きたてた。世界の注目がこの一票にあつまって、棄権するのは国賊とまではいかないまでも、愛国心に欠けているとそしられる。——花ぐもりの静かな午後、東京からたずねて来た人が、よもやまの話の末に云った。

えらみたい人がないのに、どうしてもえらめ、えらまなくては国民の義務を果さない事になると云われるのは、本屋へはいって、買いたいと思う本は一冊もないのに、どうしても何か買って出なくてはならないというのとおなじで、切ないですね。

この人は兵隊にとられて負傷し、いまは美しい判を彫ることに、若い生命の全力をそそいでいる。

三

今月は配給当番なので、うちの土間は朝から賑やかである。久しぶりの鰯の配給があって、近じょの奥さんたちも、はずんだ調子でしゃべっている中に、ゆつくり落着いた呂の声で、ちょっとおまちあそばせというのがきこえた。はてナ、聞き馴れない声だけれども、誰かしら。それにしても鰯の配給に、ちょっとおまちあそばせは少々おかしいと、私はこちらの部屋でききながら、ひとりでくすくす笑った。

夕方になり、机にむかって仕事をしている私のうしろから、そうっと襖をあけて、おくさま、お風呂におはいりあそばせと云ったのは、今朝の声である。あ、これだったのかと、私はまたおかしくなった。二三日前に新しく来た女中だけれど、いつもこわそうに、そうっと前を通ってゆくので、私とはまだ一度も言葉を交した事がないのであった。富山《とやま》か新潟《にいがた》か、何でもあっちの方の人で、陸軍中尉のおくさんだったのが、主人が戦死したので実家へかえって、東京に奉公に出て来たというのであった。二十七八の色の白いぼってりとした、可愛らしい顔をしていたが、どこかしまりのないところがあった。葛野みづきという名で、どっちが名前かどっちが苗字か、わかりにくかった。

夕飯のあと、家族があつまったところで、私は今朝の話をし、田舎の人だというのに、どこで遊ばせ言葉をおぼえて来たのかしら、おまけにその遊ばせ言葉はすこしちがっている、ちょっとおまちあそばせでは命令になるでしょう、遊ばせ言葉をつかうなら、少々お待ち遊ばして頂きますくらい云ってもらいたいわ。だがまあうちあたりで、あそばせ言葉はなるべく願いさげにしてもらいたいわねと云うと、みんなもふきだして鰯の配給にお待ち遊ばすのは、ああらわが君の類だわねと、おかしがった。

ああらわが君は、宮仕えをした女が長屋へお嫁に行って、亭主をおこすのに、ああらわが君、陽もはや東天にのぼりましませばと云っておこす落語だが、うちの遊ばせ君も、大宮御所の女官長のところへあがっていたのだと、ほかの女中たちから洩れて来た。

四年ほど前からいる若い女中は何でも新しい事が好きで早速大宮御所に興味を持ったらしかった。彼女はうちの長男が海軍少尉になってかえってきた時、自分も海軍少尉のところへお嫁にゆく事にきめていたが、そのつぎに長女の婚約者が陸軍少尉になってやってくると、陸軍もなかなかいいわねと、今度は陸軍少尉へお嫁にゆく事にした。そのうちに終戦になり、横浜あたりでおでんやが凄くもうかるという話をきくと、百八十度の転換で、おでんやのおかみさんになりますといい出し、する事はあらいが、料理にいいカンを持っているので、私たちもそれならば、適所適材であろうと、何処かの小料理屋へお嫁にやりたいと思った。そちこち頼んでおいたが、料理屋のおかみなどには、廿歳ぐらいの若さでは無理だという話で、まだ思わしい縁がない。

しかし彼女は此頃また考えをかえて、料理屋などは蹴とばし、進駐軍専門のハイカラな店へつとめるか、さもなくばダンスを習ってダンサーになりたいと、志望しているそうである。うちへ進駐軍の人たちが訪ねてくるのを見ていて、日本人よりも進駐軍の方がよいと考えたらしかった。だが大宮御所の話をきくと、たちまちそれもよくなり、どうすれば御所へあがれるのか、その手続きを教えてもらいたいと、葛野みづきに頼んだ。

葛野みづきは、近衛《このえ》の聯隊《れんたい》に兄さんがいてその縁で女官長のところへつとめたのだが、それには女学校を卒業していて、履歴書を書いて出さねばならない。資格検査はなかなかきびしい。しかし自分はその検査にとおって女官附となり、おみづきさまと呼ばれていた。白羽二重の布団に寝て、御主人がお風呂を召す時は、自分は羽二重を着てお流し申すのだと語った。

皇太后さまはとてもお若くてお美しい、また照宮《てるのみや》さまはこう、清宮《すがのみや》さまはこうと、手にとるように委しく話してきかせたので、若い女中はますますのぼせたけれども、彼女は女学校を出ていないので、くやしくもあきらめねばならなかった。わたし、やっぱり御所はやめてダンサーの方になるわというと、今度はおみづきさまの方で、その時は私も一しょに連れていって頂戴ね、私もダンサーになるわと逆に頼んだ。

私は一週間ほど考えたすえ、おみづきさまにかえってもらった。世話をした人が引取りに来て、何か落度がございましたでしょうかと云ったが、私はただ、家風にあわないからとのみ、それ以外は話さなかった。お嫁さんをかえす時のようで、おかしかった。

四

――さて小生、先日「明治ビル」にある戦略爆撃団司令部なるものから、小生の関係せる作戦等に関し、いろいろお調べにあずかり、終ってスティーム温かきビルより、降るアメリカの合オーバーに、ハラハラかかるお濠《ほり》ばたに出て、うすら寒き襟をたてつつある折、ふと向うから通りかかった一女性、狐の襟巻、ターバン、毛のハーフコート、ひきまゆ毛、口紅、ｅｔｃ、ｅｔｃにて、ステラダラスの如き物凄さに、あんれとばかり驚嘆の目を以てみつめましたる所、此の物に突如「アラ滋さんじゃないの」とやられ、心臓の破裂せんばかりの驚きでしたが、いろいろとなつかしげに語られる話のあいだじゅう、一たい誰だったかとわかりませんでしたが、別れ際にやっと思い出したのは、何とこれは、おもとちゃん経営するところの銀座「ナショナル」の女給さん通称「フーテン」なる事がわかり「君はずい分肥ったね――」などと云ったのは、甚だまずい御あいさつでした。

彼女、銀座某所にて、高名なる某画伯とともに、進駐軍将校向高級「バー」を経営するとの事で、「滋さんも、向うに呼ばれた時、その士官と近附きになって、何とか新しい商売をめっけるんだね」とやられた時は、何とも御あいさつの言葉がありませんでした。

昨年十一月、もとの海軍中佐某氏よりの書簡の一節である。

五

終戦後の新しい流行語に、栄養失調というのがある。ラジオでその対策をさかんに放送した。代用食のさつまいもをたべる時は、かならず塩を添えてたべなければ、栄養失調になると教えられた。私はそれを請け売りし、家じゅうがそれを守った。

二三日前、雑誌の用事でたずねて来た人と、いろいろ話をしているうちに、その人は石垣島から復員してきたのだという事がわかった。石垣島は世界で三番目のマラリヤ流行地だそうである。終戦の三ケ月前ぐらいから、食糧は、主も副もない、ただただつまいもの一点ばりであった。さつまいもを蒸してたべ、いものつるを刻んでたべた。ごくたまに漁れた少量の魚は、スープにして病人に飲ませ、自分たちはたべなかった。

それで、さつまいもにはやっぱり塩をつけて召しあがったのですかとたずねると、いいえ、その塩がありませんのでね、苦労いたしましたと云う。塩もつけないでさつまいもばかりたべて、栄養失調にはなりませんでしたかときいてみると、いいえ、一人も栄養失調にはなりませんでした。私には栄養失調という病気がよくわからないのですが、あれは何か体質によるものではないでしょうか。――この人は病院の衛生兵であった。私は安心して、さつまいもに塩をつけないでたべる事にした。私は塩をつけない方が好きなのである。

六

二十年のむかし、わが家では食事の時、家族のものがめいめい勝手なものを、一しょにたべた。というのは、私はその頃牛込神楽坂にあった田原屋の豚カツにこっていて、毎日それを注文する。その時家族の者も一しょに注文するのだが、タンシチウがいいという者もあり、コキールにする者もあり、また、洋食をやめて川鉄の親子丼をとる者もあって、いつもめいめいの好みがちがっていた。そうしてそれを仲よく、一しょの卓でたべた。

いまは反対である。おんなじものを、べつべつにたべる。東京へ出かける者、畑仕事をする者、私のように夜どおし仕事をして、やっとお昼に朝の食事をする者、それぞれ時間がちがっている。しかし食物はおなじである。おかゆの時はみんながおかゆ、じゃがいもの時はみんながじゃがいもだけど、そのほかには何もない。

私はこれを、二つの自由形態と名づけている。

七

元禄の日用料理抄。

五月頃、葭《あし》の筏《いかだ》をかい敷きにして、洗いすずきにふか銀すじを置合せ、わさびをつけ、小猪口二つに、一方は煎り酒、一方は辛子酢みそ。ふか銀すじとは支那料理の魚翅。白湯で煮て柔らかにするのを銀すじ、煎茶で染めて黄金色にしたのを金すじといい、両方ともに出す時は、金銀糸という。

鯉のあらいにかきすずき、かたすいせん。わさび、煎り酒。かき鯛、かきすずきとは、よく切れる庖丁で切らずに掻くので、魚肉はうすくたまって、吉野紙をまるめたように美しくなる。煎り酒とよくあう。病人によい。すいせんとは葛ねりを切ったもの。いり酒は料理人の腕次第。

さしみの取合せ。四月にはくらげ、青豆。五月にはみるくい。別に感心もせぬ。——いかにも涼しげで美しい。だがいま、ビフテキとどちらがよいかときかれたら、われわれは何のためらいもなく、ビフテキをとるにちがいない。

八

以前、ドイツの避難民が泊っていた開西の某ホテルでは、婦女子の生活の規則正しさに、感心せぬものはなかった。明るい陽のさすひる前、赤ン坊は籠に入れられ、芝生の上にならべられる。泣いてもかまいに行く人もない。ホテルの女従業員が、かあいそうだと思ってあやしたところ、そんな事をしてはいけないと叱られた。洗濯やその他の用事をすませると、はじめて母親が出て来て、赤ン坊のそばで一しょに日向ぼっこしながら、編ものなどをはじめる。

午後、一時から三時まで、ちょうどお昼御飯のあと、ひるね時間として、子供たちは全部ベッドへ追いやられる。ほんとうに寝ているかどうかはわからないが、とにかく部屋へ入れて、ドアに鍵をかけてしまうので、子供たちはそとへ出てくる事ができない。四十人からの子供がいたが、ホテルの午後はひっそりと静まりかえって、何処に子供がいるとも思われなかった。これが日本人だったらどうであろう。四十人もの子供がいたら、その騒々しさはまったく思いやられると、ホテルの専務が語った。

九

主人がジャワへ行く時便乗したのは、ドイツのふねであった。千四百噸《トン》あまりのちいさなふねであったが、航海は順調で、門司を出てから十一日目にジャワに着いた。ドイツの兵隊たちは乗込んだ時一度点呼があったきりで、あとは上陸まで形式ばった事は一つもなかった。日本人は十人ほど乗っていたが、団長格の人が毎朝みんなを甲板にあつめて、宮城遥拝をやる。ドイツの兵隊はふしぎそうな顔でそれを見ている。

上官と兵卒と、食堂はちがったが食事は上も下もなく平等である。ビールは兵卒の方は制限があったが、それで不平そうな顔をする者は一人もなく、与えられた幾本かを、たのしげに飲んでいた。親切なコックがいて、ロウビーフをたべるかときくので、たべると答えたら非常によろこび、幾皿でもおかわりをしろという。日本人は制限もないので、朝からビールを飲み、ロウビーフをあきる程たべて、贅沢な航海であった。ドイツの婦人が一人乗込んでいて、それが船医と仲よくなった。日本人はやきもちをやいて、ぶつぶつ文句を云ったが、ドイツ人は誰も気にせず、明るくひやかしたり、ふざけたりしていた。見ていて愉快であった。日本へかえってきて、某海軍大佐にこの見聞を披露すると、なるほど、敬礼をしなくともよい、食事は平等、なるほど、そうなくてはなりませんなあと云ったが、婦人のくだりになると、とたんに、それは妬《や》けますぞ。

十

夕雲わけばおもふかな
ふるさととほく来れるを
ふるさとの野に咲きみちし
名知らぬ花の咲く見れば
別れし人のなつかしき

空あおく、樹々みどりに、豪奢な建築と、贅沢なじゅうたんと、何一つ不足ないバタビヤの夕まぐれ、私は自分で書いたうたに涙をこぼしていた。

十一

病気をして、二ケ月寝ていたホテルの部屋つきボーイはマジヤといい、口かずのすくない、静かな青年であった。銀盆に料理をのせ、まっすぐに胸をのばして運んで来た。日本語の勉強をしていて、時々説明しにくいような言葉をきいた。「というのは」の「と」はマレー語で何というかというのである。雨が降ってくると「ウヂャンジャトウ」と云って駆け出す。小雨そぼふる日は「ウヂャンクチール、キリアメ」と私に教えた。別れる時大きな籠に新鮮なバナナをくれた。自分の家の樹に実ったので、評判のおいしいバナナだという事であった。

いつも私についていた運転手の名はシダンといい、英語をよく話した。朝起きると、主人のところへ来て、マダムの病気は今日はどんな具合か、早くよくなるように祈っているというような事を、英語でしゃべった。別れるとき、彼は自分たち一家の写真を持ってきて、「シダン、カシ、ママ」といったので、写真を貸すという事かと思ったら、そうではなくて、カシとはくれるという言葉であった。シダンからママへくれたのである。

四ケ月ほどへだてなくつきあった進駐軍の海軍将校が、私の写真をとってひきのばし、アメリカへかえる時、それにサインをさせて持ってかえった。これからさき、再び会う日があるかないかわからないが、私がその人を忘れぬように、その人も私を忘れないであろうと思っている。それにしてもマジヤやシダンはどうしている事であろうか。――なつかしい。

十二

会うは別れのはじめと知れど、へだてなくつきあった人々の、任期満ちてかえって行ったあとは、物忘れしたようにさびしく、新しく進駐してきた人とは、急には打ちとけにくい。夜半ふと眼ざめた折など、明日からはかたく門をとざして、うち深くこもろうかとまで思うが、夜があけてみるとそうもなりがたく、かかる別離の悲しみも、身にしみて深くなりゆくことであろう。若き婦女子の、心ひそかに好もしく、睦まじくつきあったあとの、胸のうちまで思いやられて、それも悲しい。

十三

雨あがりの青葉が、冴え冴えしい日の午後、縁側にいて来客と話していると、見知らぬ海軍将校の、段々をのぼってくるのが見えた。わが家は入口から、百段ほどの坂をのぼってやっと到着するのである。丈高く、みめ麗わしい青年将校で、落着いた態度は、道に迷って知らぬ家の前へ出たようではなかった。果して彼は、わが家をたずねて来たので、去年の十月、アメリカへかえったふねの将校から、紹介されて来たのだという。今日横浜へふねがはいり、明後日はもう出帆するのだという。ジープもなく、電車で鎌倉まで来て、そこから一里あまりの山道を歩いて来たのだという事であった。

誰に紹介されたのか、名前をきいてもよくわからず、どうやらたった一度だけ、大ぜいで来た仲間の一人らしく思われるので、サイン帳を取り出して見せると、これとうなずいて指したのは、やはり大ぜいの時の一人であった。鳶《とび》色の眼の品のいい青年で、名残りを惜しみ、ところ書きなど手帳につけて帰っていったが、その後手紙も何もとどかないので、あれはその時かぎりの気持と、こちらも忘れるともなく忘れていたのに、彼の方は忘れたのではなく、よろしくと言伝てをくれた事が、心のあたたまる思いであった。

十四

海軍の若い人たちが来て、私の詩を見せてもらいたいという。日本語ゆえわかりますまいといいしに、見るだけでよしとの事で、詩集一冊出してくると装幀や紙や印刷やをほめた末に、どれかやさしいのを一つ訳してもらえぬかと、折から居合せた民間情報局の二世に頼んでいる。そうして到頭、一ばんやさしいのを訳させた。

雨ふりいでぬ
雨のまま夕べとなりぬ
雨のまま夜となりぬ
雨のおと夜もすがら
わがなげき夜もすがら

つぎの日曜日、彼等の上官の中佐が来て、大へん美しい詩があるそうだが、自分は知らなかった。見せてもらいたいという。今度は二世がいなかったので、やむなく長男が訳した。詩としてではなく、ただ言葉の訳だけしたのである。すると中佐は、よくわかったから、今度は自分がそれを詩にしてあげるという。それで私は、わがなげき夜もすがらというのは、雨が降らねば恋人がたずねてくる筈であった。雨が降ったゆえ恋人はきたらず、そのなげきをうたったものであると、長男を通じて伝えた。長男は恋人という言葉を、スイートハートと云わず、ラバアといい、わかりますかときけば、中佐はわかったと答える。
雨は静かに世界を浸しはじめた。——中佐の訳詩はそういう調子ではじまっていて、なかなか美しかったが、最後のところで私は驚倒した。待っていたものが、恋人ではなくてどろぼうとなっているのである。おお、これはちがいますと私が叫んだので、中佐の友人たちはお腹をかかえて笑い出した。長男の発音がわるいからだと、中佐は首を振りながら、どろぼうを恋人に書き直したが、みんなの笑いはなかなかやまなかった。だがあとで思うに恋人も彼女の心をぬすむからには、どろぼうにちがいないと、このあやまりの自然の皮肉を、興深く感じたのである。

十五

二三の人から立候補をすすめられ、自分は筆を持っているゆえ、代議士になって口でしゃべる必要はないとことわった。その筆もいつまで日本語でとおるかと、心さびしい。国語がローマ字になったあかつき、ローマ字で書かれた自分の文章は、いかにあじきないものであろうか。それくらいならいっそ英語になってしまった方がよいと思うが、そのかわり、英語で自分の思想を発表することは、これからさき十年かかっても、おぼつかない仕事である。

十六

ラジオで、政治の討論会などきくに、うら若い女性の甲高い声にて、強権発動は絶対反対ですなどというがあり、私も農村を歩いて来ましたが、絶対反対ですなどいうを聞けば、女ごころの浅さ、狭さの、身にしみてわびし。このあたりの百姓、五つ六つの子供まで、白米ぎっしり三人前ぐらいたべて、お八つにもまた握り飯をたべ、たべすぎてあおンぶくれとなる。いまの農村に、正直ゆえの貧乏など薬にしたくもなし。貧しきは酒とばくちに費し、朝寝をむさぼり、畑の草もむしらぬ怠け者と知るべし。

十七

ちかごろの新聞に、某家の鶏、深夜けたたましく鳴きたてるに、家人起きて鶏小屋に到れば、既に鶏の影なし。されど声のみ遠く遥かに聞ゆれば、それをたよりに追いかけて行ったところ、二町ほど行き、鶏を両脇に抱えて、悠々と歩いているどろぼう氏に追いついた。取りおさえ交番へ同道するに、この犯人は生れついての唖でつんぼで、世の中に声というもののある事を知らなかったのだという。

さる老人夫婦の談話に、おじいさん、うちの鶏はこの頃すこしもなかなくなりましたねえ、ふしぎですねえと云えば、老人も首傾けて、さればサ、あくびばかりしているようだと笑いばなしにあったが、笑い事にあらず。今の世の中、われ人ともに注意が肝要である。

十八

食糧のたしにと掘って来た百合根の、夏きたりましろなる花咲かせたるを見れば、煮てたべる心地消えうせ、さ緑に明けゆく露の朝、蜩《ひぐらし》の声も涼しく、うき世忘れて眺めるのであった。

冬ごもり

うす紅の山茶花《さざんか》のはなびらが、ひっそりと黒い土の上にこぼれている冬ごもりのある日、ふと能田多代子《のうだたよこ》さんの「村の女性」を、本箱の中から取り出して読んだところ、非常に面白く、つづいて江馬三枝子《えまみえこ》さんの「白川村の大家族」というのも読む気になり、二日つづけてまことにたのしい読書をした。

二冊とも、そこに描き出されてあるのは旧い封建制度の中にある家族たち、とりわけ女の人たちの生き方であって、それは山かげの泉のように、こんこんと湧き出でてつきせぬ美しさを感じさせた。民主主義の世の中になって、封建制度のよさを感じるのはあまのじゃくかもしれないが、三十年の昔、自分は封建主義に反逆して、その中からぬけ出した一人であった。若い時の考えは一途で、わき眼もふらずまっしぐらに進んできたが、とにもかくにも一つの落着きを得て、ふり返ってみると、若き日惜し気なく捨て去ったものの中にも、さまざまなよきものがあったと思い出される。

いまの世の中では、封建即罪悪とされているが、封建制度の中にもよいものはあったし、民主主義もまた完全なものではない。降る日も照る日も、夫のため子供のため、ひいては他人のため国のため、一生を働き通して悔いを知らなかった日本の女のこころの美しさは、民主主義の鵜《う》呑みによって、一とき地の下へ潜んでしまうかもしれない。泉は濁る時があるかもしれない。だがやがて、——新しい自覚のもとに立ち直った村の女性たちは、いつの場合にも失う事のないあたたかい心でもって、若い世代の人々を優しくつつんでゆくであろうと思われる。昔の女性は麻を植え麻を紡み、蚕《かいこ》を飼い糸をとり、それを織って家の者たちに着せた。味噌も醬油も自分の家でつくった。田植に畑の手入れに牛の世話に、一日も休むひまがなかったが、いまや私たちは、再びその昔の日に返ったような事情に直面している。しかも、最も新しい文化的な民主主義の下にあって。

戦争の苦労は、私たち都会の消費者であった者たちにまで、生産の労働を強いた。そうして終戦後の今日、なおかつそれは終る事なく、かえって一そうの深刻さをもってわれわれに迫っている。私たちは自分の手で土を耕し、自分の手で食糧を得なければならない。

わが家もおぼつかない百姓をはじめてから二年、麦をまいたり、じゃが芋をつくったり、さとうきびまで栽培してみたが、ちゃんとした指導者がある訳でなく、地味や気候やさまざまな相違があって、書物を参考にしてみてもその通りにはいかない。はいずり胡瓜のあとには蕎麦《そば》がよいと、近所のお百姓のすすめで大量に播いたところ、八月末の颱風《たいふう》で全部飛んでしまった。さとうきびの根には一尺も土をかぶせなくてはならぬと云われて、慌てて盛土をしたために、これも大風で一本残らず倒れてしまい、トマトの支柱も弱かったのでみんな倒れた。風の被害はさんざんであったが、研究がつんでいれば、風当りの強い土地に蕎麦は播かず、さとうきびの盛土もせず、トマトも最初からしっかりした支えを与えたであろう。経験してみてはじめてわかるが、これからさきいかに数多くの経験を重ねなければならぬかと思うと、日本全国で実に恐るべき無駄のつみかさねのある事が感じられる。

さりながら、これも敗戦のすがたの一つであるとあきらめて、土にだけ眼を向けると、百姓ほど心ゆたかな、たのしみの多い仕事はない。私の夫は若い廿歳の頃、トルストイの感化を受けて、果樹園か農園で一生を過そうと考えた事があった。私の父が北海道にささやかな農場を持っていたので、一ト夏そこへ遊びに来て、仔豚の世話などして暮した事があったが、さまざまな事情からその素志を果す事ができなかった。自分にできなければ、せめて人にでもやらせたいと思ったのであろう、彼の母の生家は灘《なだ》の酒造家であったが、ある日そこの支配人にむかって、酒の罪悪と百姓生活の尊さを懇々と説いた。支配人は彼の説をきいて、いさぎよく酒屋をやめた。そうして丹波《たんば》の田舎へかえって百姓になった。後年、夫は考えが変り、酒は必ずしも罪悪の源ではないと思う頃になって、昔の支配人と再会した。夫は若気の至りで職業の転換をすすめた事に、自責の念を深くしていると、支配人は夫に感謝して云った。「何せ百姓は、おてんとうさま相手の商売だすさかいな、こんな威張ったものはおまへん」人間にあたまをさげなくともすむと云うのである。

ほんとうの百姓ならそれで通せるけれども、われわれ素人の場合はそういう訳にはいかない。人間にもあたまをさげ、おてんとうさまにもあたまをさげるので、二重の苦労をしなくてはならないが、それでも春三月、えんどうの花の咲く頃になると、ああもうすぐ絹さやの柔らかな青味を、朝のおみおつけの中に見られるのだなと、たのしい。

夏は一ばん野菜の豊富な時で、新じゃがの小つぶの、すり鉢で揉むとすぐ皮のむけるのを、うす味で煮てたべるうまさ。新さつまが出て、さといもが出て、その頃は茄子や胡瓜も鮮やかな色彩で食卓を賑やかにする。私は朝の食事に、御飯ではなくホットケーキをたべるので、夏のあいだは毎朝、露にぬれているような胡瓜とトマトの添えてあるのが、何よりもうれしかった。秋近い朝々は、それに、とうもろこしのゆでたのがついて、少女の日にかえったような心地がした。札幌生れの私は、子供の時、夏のあいだじゅうとうもろこしをたべて育ったのである。

小かぶ、大根、白菜のさかりをすぎると畑はさびしくなり、わずかに葱の青さが残るばかりで、土は静かに眠っているかのようである。朝毎に深くなる霜柱を見て、長男が五つの時、ねえママ、あの下にはまっしろな小人がたくさん住んでいるのね、坊や穴を掘って会いに行きたいなと云った事があるが、眠っているように見えるのは表面だけで、まったく土の中には数限りない小人が住んでいるのかと思われる程、あらゆるものが生き生きと動いている。種子は養分を吸いとり、日に日にふくらんで春の発芽を待っている。私はかつて、冬の大地は慈母のふところのようだと書いた事があるが、冬のあいだだけは、われわれも安心してすべてを大地に任しておけるからありがたい。

戦い終りなば再び帝都へと思った望みはむなしく、わが家はあらためてこの土地で畑をひろくすることとなった。富士が美しく晴れて、陽のあたたかな今日、開墾の人たちで裏の雑木林は賑やかである。炭焼のかまからは、もくもくと白い煙がたちのぼり、失敗ばかりしていた素人の炭焼も、どうやら今度はうまくゆくらしい。われらは此処に新しい経験をかさねつつ、これからさき、幾年月を生きてゆく事であろうか。

舞踏会の花

長年住み馴れた牛込の矢来を去って、ここへ越して来たのは一昨年（昭和十九年）の六月で、だからこの六月でちょうどまる二年になる。思えばわれ人ともに悦ただしい二ケ年であった。

その当時はまだ誰もそれほどさし迫って、疎開の事など考えていなかったので、隣組の中ではうちが一ばん早く、どうしてそんなあぶないところへお越しになるのですかと、心配してくれた人もあった。大船から一里ほど奥へひっこんだこの山は、いずれ決戦場となるにきまっている、そんなところへ行くのはおよしになった方がいいと、極力反対した人もあった。

ほんとうに疎開をしようとおもえば、安全な土地はいくらでもあった。気候のおだやかな、物資の豊富な静岡《しずおか》地方とか、温泉に恵まれた伊豆《いず》地方とか、または信州《しんしゅう》の高原など、行くところに困りはしなかったが、私はそんな遠方へ疎開しようという気持はいささかもなく、ただ、横須賀《よこすか》へ一時間だけ近くなる、――その、たった一つの理由でこへうつる決心をしたのであった。学徒出陣で召集された長男が、横須賀の海兵団にいて、いつ前線へ出動するかわからなかったので、そんな時、一時間でも近ければ、それだけよけい面会の機会があろうと考えたのである。

越してきてから、一度逗子《ずし》の海岸で面会があり、会いに行った。東京から出かけて行くより、ずっとらくであった。子供は元気で、たぶん七月中頃には家へ帰れるであろうと云い、私は新しい家に子供を迎える日をたのしみにして、明るい気持で帰って来た。

七月十五日には、布団の手入れをしたり、食事の用意をしたりして、待てど暮せど遂に姿をあらわさず、私はその晩、床にはいっても、背中が痛んで眠られなかった。翌日、東京から遊びに来た人が、何かの話の末に、そうそう、兵隊といえば昨日矢来のお宅に、森田《もりた》という兵隊さんから電話がかかって、会えなくて残念です、館山《たてやま》へ行きますと云って来たそうですが、誰かそんな人、心あたりがおありですかと云った。私はさっと背すじが冷たくなり、残念ですと云った長男の言葉が、心のずいまで沁《し》みこんで行った。──東京にいればよかった、とそればかり悔まれた。

館山の近くまでは、越して行く事もできないので、仕方なくあきらめているうちに、子供は館山から帰省し、たった一ト晩であったが、遠方で帰省できない友人も一しょに連れてきて、もはやいつなんどき外地へたつかもしれぬというので、私は子供やその友人たちのために、南方各地への紹介状を、一ト晩じゅうかかって書いた。涙をこぼすひまもない程いそがしかった。

それから一週間ほどたって、十二月廿五日の夜十二時すぎてから、突然、彼は海軍少尉の軍服を着てかえってきた。東京勤務になったのである。私はふたたび、ここへ越した事を後悔したが、子供は未明に起きて東京へ出勤し、東京はもうほんとうに危いのだから、ここへ来てよかったですよと私を慰めてくれた。空襲は二月から激しくなり、二月十六日にはここへも艦載機がきて、遂に私たちも前線の中にいる事となった。だがわれわれは、親子姉弟みんな揃って、最後の日まで一しょに暮せるのだと思うと、実に幸福であった。

終戦と同時に、私がこの土地に住む必要はなくなったので、子供中心の生活から、自分の生活へかえりたいと思い、東京へかえりたいと思ったが、自分を容《い》れてくれるような余裕は、東京の何処にもなかった。東京には、ぜひ住まねばならぬ人だけが住むべきで、自分のように何処にいてもさしつかえない人間は、遠慮するのが当然であろうと思い返して私はいままで、関心のほかにあったこの家のうちそとへ、はじめて眼を向けた。ふるい百姓家の、不便きわまりない家ではあるが、二年の歳月は、しらずしらずのあいだに高い天井や太い柱を、自分の心の中に置いていた事を、いまさらに発見したのであった。

家のまわりを全部畑にして、麦やじゃがいもを植える事も、かや葺きの百姓家が中心であってみれば、手つだいの人たちも本腰で、かまどをきずいて炭を焼きましょう。裏の杉を伐って小屋を建てましょう、とみんなが自分の事のように考えてくれる。四月のはじめ、足のふみいればもないほど、紫のつぼすみれの咲き乱れていた草むらが、たちまち掘り返されて赤土の畑となってゆくのは、見ていても切ない気持であったが、みんなの食糧のためとあればいたしかたもない。すみれの代りにじゃがいもの花を眺めてたのしむのも、新しい風流であろう。

私はお百姓の手伝いは何もできないし、蔬菜《そさい》についての知識も皆無だけれど、じゃがいもの花の美しさだけ知っているのは、北海道に生れたせいで、しっとりと霧のたちこめた六月の朝、太陽はまだのぼらず、空気はうすい緑にぼうとけむっていて、そのうす緑の空気の中に、清らかな白い花びらが、まるで眠れる蝶のように、静かに咲いているのであった。あるかなきかの風にも、ゆらゆらと揺れて、深窓の乙女のように、たおやかに、つつましやかな花であった。あんな清らかな美しい花を咲かせるじゃがいもが、地味な、ぼくとつな田舎者の感じで、そうして人々の食糧難を救う重大な役目を持っているとは、ふしぎな気がする。

じゃがいもの花は、観賞用として十分ねうちがあり、ばらの花などとはまた異った、別種の趣を持っていると、私は長年主張して来たのであったが、私の説に耳を傾けてくれる人はなく、またれいのドグマだと、黙殺されるばかりであった。北海道にいても、人々ははじめからじゃがいもを食糧としてのみ考え、花の事などどうでもよいらしかった。

何処の畑にもじゃがいもが植えられるようになり、したがってその研究がさかんになってきた。じゃがいもの文献もいろいろ出るようになったが、最近私をよろこばせたのは、十六世紀の中頃、南アメリカからヨーロッパへわたったじゃがいもは、最初のうち貴族や富豪の庭園に植えられて、もっぱら花を観賞されていたという記事である。ほらごらんなさいと、私はその雑誌を家の人たちに示して、やっと積年のうらみを晴らした。じゃがいもはその後フランスの大飢饉を救い、その花は女王マリ・アントワネットの夜会服の頭上をかざったのであった。

スノーフレークス、紅丸、男爵いもなどと名前もいろいろおぼえ、目下じゃがいも界の大権威になりすましているが、机上学問もまんざら役に立たぬものではなく、紅丸は寒冷地にいいそうよと請売りをすると、家の人たちはそうかいと素直にきいて、参考にするらしい。ママは妙な事をおぼえていると笑われたが、いそがしい人たちのために、自分が読書の方を引き受けるのも無駄ではないと思われる。

今朝、うらの空地をぶらぶら歩いていると、崖の下の陽あたりのわるいところに、野生の蕗《ふき》などに交って一株、ふしぎな花の咲いているのを発見した。うどのような葉に、アマリリスに似た厚手の花びらの、黒に近い紫の蘭花植物らしいものだけれど、誰にきいてもこんな花は見た事がないという。遠い南方のジャワの避暑地に咲いていた紅い花とも形が似ている。早速掘って素焼きの鉢に植えてもらったが、このえたいの知れない花の球根が、すばらしい薬草であったら面白いのだがと、私は子供らしい好奇心に、今日のひる前をたのしんだのであった。

サッテ

ボルネオのバンジェルマシンという町は、道路よりも川の水面の方が高いような、まったく水の都といった感じのところであった。ホテルの庭に楡《にれ》のような大樹が、ゆさゆさと揺れて、ポポウと、真昼静かに山鳩が鳴いていた。上海、マニラ、ダバオ、マカッサルと、東京を出て五日目に着いたが、「夕方水浴みしてさっぱりと着更え、部屋の前へ出てホテルの庭など写生す、出発以来はじめての落着きなり」と、その日の日記にしるされてある。飛行場から町までは甚だ遠く、自動車は椰子《やし》とアカシヤの村の中を縫って走った。

晩御飯がすんでから、朝日新聞の吉見《よしみ》さんという人に誘われて、インドネシヤの芝居を見に行った。社会劇というのか、なかなか新しい芝居で、マレー語のわからぬ自分たちにも、何か問題を取り扱っているという事がわかり、面白かったが、幕合にはかあいらしい少年少女が出て来て、歌をうたった。ママサでママサでヤレヤレナという風にきこえる歌をうたうと、幕のうしろで大ぜいの声が、ヤアヤアヤアと合唱する。少女は小花もようのワンピースを着て、あたまにリボンを結んでいた。明日待子に似た可愛らしい少年がいて、白地に紺の縞のとおったパンツをはいているのが、すっきりとあかぬけして美しかった。芝居小屋は地面の上にじかに建てられ、観客席の椅子は地面にじかに置いてあるので、足さきをちいさな土蛙が、ぴょんぴょんと飛んで歩く。

二幕ほど見てそとへ出ると、劇場の前の道路に、ずらりと夜店がならんで、何を売るのか暗くてわからぬ店さきに、紅ほおずきのような紅い灯が、ぽつりぽつりともっている。椰子油の灯である。売っているものは大ていたべもので、椰子の葉につつんだ焼飯とか、くだものとかいう類だと、吉見さんが説明してくれたが、その中にぜひたべさせたいものがあると、吉見さんは私たちを誘って、向う側の喫茶店にはいった。

二階にあがり、屋上へ出た。町じゅうでここが一ばん高いたてものだという。月があるのかないのかわからないが、くらい空の底の方がうす白く光って、町全体が白い霧の中に浮んでいるように、ぼうとけむっている。川の水が盛りあがって白く、幅ひろく光っている。月の美しい夜、その川に船を浮べると、行けども行けども興はつきず、夢の国にあるような心地がすると、吉見さんは語った。

待つほどもなく、卓の上に運ばれたのは、大きな皿に山盛りされた焼鳥のようなものであった。サッテといい、前の屋台店から取りよせたのだという。南の国の味はまずこれからと、吉見さんはしきりにすすめて下すったが、あいにく私はお腹をこわしていて、しくしく痛むので、この上わるくなって明日たてぬような事があってはと、用心して手をつけない。吉見さんは残念がり、一人でビールのコップを干しながら、串にさしたその焼鳥を平げている。いかにもうまそうであった。

あくる朝、私たちは予定どおりこの水の都をたった。その夜はスラバヤに泊り、あくる日バタビヤに着いて、私の旅は終った。バタビヤ滞在の一ケ月後、ある夜、映画のかえり、色町らしき一角の、支那料理屋へ案内され、そこでサッテをはじめてたべた。串にさした肉は、羊、にわとり、家鴨《あひる》など、日本のやきとりと変りがないが、ただそのたれが、あまからくどろりとしていて、刻んだ唐辛子と、からりとあげた葱とをふんだんにふりかけてたべるのである。一串十銭で、十や二十は誰でも知らぬまにたべてしまう。好きな人は六十本たべたとか七十本たべたとか、たがいにその数を競っていた。

病みつきになり、二度三度その店へ通ううち、再び旅へ出る日が来て、セレベスへ渡った。マカッサルに一月いたが、毎晩泊っている家の前をサッテ売りが流して行った。日本のおでん屋やワンタン屋などと同じ事で、呼びとめる人があれば、町角に車をとめて、バタバタと火をあおぎ出す。時々香ばしいかおりがただよって来るので、たべてみたいと云ったところ、宿の主人が、それならばうちのコックにつくらせよう、屋台の味とはくらべものにならぬとて、早速サッテの会をひらき、日本人数名あつまって賞美した。だが、きちんとした部屋の中でたべるサッテは、何となく生気を失っているようで、やはりこれは汚ない支那料理屋、芝居小屋の前にならんだ屋台店などでたべる時、その真価を発揮するように思われる。

土蛙村芝居の椅子横切りけり

たべられなかったバンジェルマシンのサッテが、いまなおなつかしく思い出されるのである。

秋の味覚

秋の味覚。ぶどう、栗、松たけ、あけび、こくわ、――思いつくままに書いてきて、こくわのところで、ふっとペンがとまりました。まあなつかしい、よく忘れずに思い出したことと、私は自分で自分にものいう気特でした。三十年、いや、四十年近くになるでしょう。こくわから離れて暮した月日、それは、とりもなおさず私が生れた土地から離れてくらした月日です。

こくわは、北海道の山野と、それから、東北、奥羽《おうう》地方のごく一部にある、木の実です。あけびなどとおなじように、大きな樹にからんだ、丈夫なつるに実っているとききましたが、まだ見た事がありません。私の生れた札幌では、町の西南をつつむ藻岩山《もいわやま》という山の、裏山の奥にあるといわれ、しかしそこへは熊が出るので、女や子供は行かれない事になっていました。それで、こくわはめったに手に入りがたく、なかなか貴重品でありました。熊がこれを貯えて、冬の食料にするともききました。

「土」を書いて有名な長塚節《ながつかたかし》さんの紀行文の中に、東北か奥羽か、あのへんの山の中を歩いていて、そこで出会った、たぶん樵夫《きこり》であったとおもいますが、そういう人たちから、こくわをもらってたべたという一節がありました。実に美味だと書いてありました。澄みわたった秋の空の下で、しいんと静もった山の中で、ぽつぽつと歩いてきた旅人が、小昼休みの樵夫から、こくわの二三粒をもらってたべる。掌にうけて、さみどりのそのやわらかなつぶら実を眺め、さて口にふくむと、つぶら実はたちまちとけるようにくずれて、芳醇な甘味が、泡だつように口中にあふれる、舌からのどへ、しびれるような香気がほとばしる。——この木の実の特徴は、やわらかく甘いばかりでなく、何か西洋のいいリキュールのような、香り高い味わいを持っている事なのです。

九月はじめのあらしの翌朝、笊《ざる》に一ぱいこくわをもらった事がありました。十五の時だったとおもいます。朝早く、吹き散らされた落葉をあつめて、祖父が庭でそれを焼いている、その落葉をやく煙の匂いが家の中までなびいてきて、ああ、もうほんとうに夏はいってしまったのだと、しみじみ胸にこたえ、さびしさの身にしむ思いでしたが、その朝、こくわを届けてくれた人があったのです。おやゆびの先きほどの大きさで、いちじくなどのようにやわらかな、つぶらな実が、ゆうべの雨に濡れたようにしっとりと、大きな笊の中で、明るい緑をかさねていました。一トつぶつまんで口へ入れると、ぐしゃりとつぶれて、甘い、香り高いお酒の匂いが口一ぱいにあふれました。私は今朝のさびしさを忘れ、ゆたかなみのりの秋の中にゆったりと腰をおろした気持で、これから迎える秋を、たのしいものに思いました。この木の実のやわらかさ、甘さ、そうしていいリキュールのような香味が、人の心をそのように落着かせてくれるのだとおもいます。夏のくだもののような酸味がなく、まったりとした味は、激しい夏のあとの、疲れた人の心をしみじみとつつんで、新しいよろこびを教えてくれる秋の味だとおもいます。

秋のくだものの王様は、何といってもぶどうでしょう。すきとおる紫の房、したたるような露の甘さ。私はおととし終戦の秋、九月生れの長女のために、こんな歌をつくりました。

風晴れ　ひまはりこんじきに
空澄み　ぶだうの露あまく
若人　野菊の道ゆきぬ
美し九月よ　わが月よ

これを作曲家の早坂文雄《はやさかふみお》さんにワルツに書いて頂きまして、「九月のワルツ」と名づけましたが、ぶどうの紫、野菊のむらさき、――秋の草花やくだものには、むらさきの色が多いようで、桔梗、朝がお、みやまりんどう、それから、あけびもいちじくも、うす紫に染まっています。いつぞや秋田を郷里に持つお方から頂いたプラムも、濃い紫にうっすらと白い粉がふいていましたが、むらさきは花やくだものの、秋の色ででもあるのでしょうか。

ぶどうのほんとうの味は、甲州《こうしゅう》へ行かなくては分らないと、ある通人がいいました。甲州へ行って、富士山の見える座敷にすわり、たわわな紫の房から、たらたらとコップに一杯しぼった果汁を、夕陽にすきとおらせて飲む味は天下一品だ、その味を知らぬ者は、ぶどうを語る資格がないとの事でした。

夕富士と、すきとおるぶどうの果汁と、それはいかにもゆたかな美しい風景ですけれども、私などはやはり、ぶどうはぶどうの形のままでたべたい。果汁にしぼってしまっては、それはもうぶどうではないという気がして、あの、一トつぶ一トつぶを口にふくみ、たねをはき出して、手間をかけてたべてゆくところに、いいしれぬ味わいがあるとおもうのです。それはちょうど、林檎のしぼり汁はなまの林檎よりはるかにおいしいけれども、手頃なかたさの林檎に、皮ごとがぶりとかみついて、さくさくとたべるあの爽やかさと、くらべるべくもないのと、おなじ事だと思います。

林檎といえば、私は南方へ行っていました時、すこし無理がたたって病気になったのですが、その時急に林檎がたべたくなって、まわりの人たちを困らせた事がありました。南方はくだものの豊富なところで、バナナをはじめパパイヤ、マンゴー、マンゴスチン、パイナップルと、お望み次第なのですが、セレベスのマカッサルというところで病床についた私は、バナナもパパイヤも見るのもいやで、ふっと、林檎がたべたいと思ってしまったのです。みかんに似たものも柿に似たものもあるところで、ただ、林檎だけはないのでした。

かりそめの旅の疲れとおもったのが、十日たっても廿日たっても一向に食がすすまず、ひたすら林檎の事ばかり思いつめていたのを、日映の大島《おおしま》さんという方がきいて、それならいまちょうど浅間丸がはいっているから、ひょっとするとあるかもしれない、行ってみてきてあげると云って下さいました。

あてにしないで、あてにして、待っていた翌日、大島さんが、あったあったと、手籠に十いくつの林檎を入れて病室へはいって来られた時、私は思わず、「起きた！」と子供のように叫んで、ベッドの上に起きあがった事でした。林檎は国光で、北海道では四十九号という、やや平べったい形の、さほど色の冴えないものですが、ひきしまった素朴な味で、子供の時から私の好きな種類でした。

朝に晩にその林檎をたべて、私は元気に起きあがり、再び飛行機に乗ってジャワへ帰る事ができたのですが、いまにしておもえば、あの時私が、あれ程激しく林檎をおもいつめたのは、ふるさとの味というばかりではなく、常夏の国で、秋の味覚を恋しくおもったせいではなかったかと考えられます。私ばかりではなく、その時まわりにいた人たちもみな、一トきれずつの林檎を、涙ぐむような思いでかみしめた事でした。

春の献立

丹波に疎開している知人から手紙が来て、お正月に伺う時は何を持って参りましょうか、いま入手予約ずみのものは、数の子、吊し柿、はったい粉などですが、と書いてあった。それで早速家の人たちにきいてみると、数の子は北海道から来るだろうし、はったい粉はお砂糖がいるから困るし、貰いたいものは吊し柿だけれど、それよりも丹波の事だから栗をもらいたい、今年は家にお正月の栗の用意がないのだから、という話である。

丹波にいながら、栗が手にはいらないのだから癪ですと、十月頃の手紙に書いてあったような気がするけれど、とにかく栗を頼む事とした。家にも栗の樹が数本あり、毎年二斗あまりとれるという話であるが、今年は八月三十日の颱風で、青いまま殆んど落ちてしまい、その後も雨ばかり降ったので、痩せて味のない栗がほんのわずか拾えたばかり、今年はまったく何もかも駄目であった。

お正月に栗のきんとんやかまぼこをたべるという習慣は、いつの頃からはじまったのであろう。もの心ついて以来、一度も欠かした事がないが、お口取りと称する一ト皿に、みかんの輪切りや、ようかんなどを添えて出すのは、何処でも共通であるらしく、私は北海道に生れ、主人は大阪であるのに、その風習は同じであった。つまりお正月は家族一同が御ちそうをたべる時で、昔はお口取りが最上のものであったらしい、三いろ、五いろ、七いろときまっていて、私の生家では七いろの豪華版であった。

きんとん、かまぼこ、二色玉子、鶏の朝くら焼、末広筍。かまぼこは紅白にきまっていた。

大晦日《おおみそか》の午後、母がせっせとお重につめていた姿を思い出すと、なつかしい。お正月は女がらくをする時で、そのため重詰料理をこしらえるのだときいた事があるが、台所を使わないのは元日だけで、二日からはもう忙がしい。そうして元旦一日だけらくをするための、暮の忙しさというものは並大抵の騒ぎではないが、昔の女の人たちはその忙しさをも、たのしみの一つとしていた。

私の生家では、大晦日に年取りという行事があって、そのため台所は二重にごった返った。私の父は札幌農学校長のクラーク博士を絶対に尊敬し、自由平等主義のかたまりで、ふだんの食事は家族一同、——親子五人に書生女中食客もいれていつも十二人位の人数が、テエブルと称する大きな食卓に全部一緒につくのであった。

もちろん上下のへだてなく同じたべもので、父の主張として、衣食住の中の食は人間生活の源泉であるから、できるだけ滋養物をとらねばならぬというので、昼は魚、夜は魚と肉、または鶏という献立にきまっていた。三度々々野菜も豊富に添えてあった。

おかずに何の不足もなかったけれど、私は、時々十二人が一せいに揃ってむかう食卓にふっと厭気のさす事があり、こんなおかずではいやだと駄々をこねることがあった。

姉や妹はそんな我儘も云わず、また云ってもゆるされなかったが、私だけは医者が見放したような脆弱なからだだったので、父も特別に扱って、いつでも好きなおかずに取替えていい事になっていた。

好きなおかずといっても、卵を焼くか煮るかして貰うだけの事にすぎないが、それは皆の食事が終ってから拵えてくれるので、つまり私一人だけ遅れて食事をするのである。そうして一人で食事をする時は大きな食卓でなく、足のついたちいさなお膳があてがわれるので、そのお膳で御飯をたべるのが何よりもうれしかった。

年取りの晩は家族一同奥の十二畳の部屋にあつまり、めいめいのお膳についた。皮鯨と焼豆腐、大根の味噌汁、茶碗むし、おさしみ、甘煮、なます、口取り、そのほかお重詰のすべてがついて、見ただけでも満腹するくらいであったが、私はそれらの御馳走が一人前ずつきちんとお膳にならべてある事に、何か清潔なものを感じて気持がよかった。

大ていの人は、食事だけは大ぜい一緒の方がたのしいというけれど、私はいまだに本を読みながら一人でする食事の方が、気楽でもあり美味にも感じられる。これはからだの弱いせいかもしれないが、気質の中にもつねに一人をたのしむものがあって、食事にまでそれが現われるようにも思われる。

子供の時あまりに自由平等主義で育てられた反動のような気もするけれど、しかしそういう私もお正月だけは、一人でお雑煮を祝いたいと思った事がない。

いよいよ材料の乏しくなった今度のお正月は、どの程度の御馳走ができるかわからないが、お雑煮の一ト碗だけは、何とか工夫をして、家内一同おなじお膳につきたいと念じている。

くき

たしか金色夜叉であったと思う。貫一《かんいち》がお宮に失恋して、心機一転、高利貸の手代に住みこむと、そこのばあやが毎日、鰊のぬたをたべさせるというところがあった。私がそれを読んだのはまだ小学生の、十二三の頃であるが、子供ごころに大へんさびしい思いをした記憶がある。何故というに、鰊のぬたは自分の大好物であったのに、そこではひじょうに下賤なたべもののように扱われていたからであった。

子供の時、日本葱はきらいであったけれども、鰊のぬたに添えた晒し葱だけは、快い香りと風味を持っているように感じられた。鰊は、ピチピチしているのを串で焼いて、おしたじでたべるのもおいしいし、数の子の焼いたのなぞ好物の一つであったが、鰊料理の中で一ばん気に入っていたのはぬたである。私はかすべのぬたもよろこんでたべたが、味ははるかに鰊の方がまさっていた。

鰊の蒲焼とか、鎌倉焼とかにいたっては、鰻や鱧《はも》をまねて遠く及ばず、下の下である。おべん当のおかずに評判がよかったが、私は一度もつめてもらった事がない。それくらいなら、みがき鰊をあまく煮た方がずっとよかった。これは関西の料理法らしく、後年大阪で、丸太格子の鰊というのをきいた事があった。そこへはたべに行く折がなかったが、今橋のいせやで四月のはじめ頃、鰊と茄子の煮たのを出され、実にうまいものだと思った。いまから二十年昔の事で、いせやはその時が初めてであった。

いせやのおかみさんは、しょっちゅう料理の研究を怠らぬ人で、ある年の十二月遊びに行くと、いま着いたところですと云って、ぶち鮭のあらまきの、おさしみをたべさせてくれた。私は北海道で生れたくせに、あらまきのおさしみはそれまでたべた事がなかった。皮も焼いてちいさく四角に切って、甘酢を添えて出されたが、わざわざ皮をたべさせる家も、ほかにはないであろうと思われた。「皮がねうちでんが」と、おかみさんは云っていたが、北海道の千歳《ちとせ》村から毎年きまって送ってもらうのだそうであった。

七八年前、大阪の佐多先生から突然電話があり、夏場所の国技館へ招かれたかえり、南の芸妓数人とともに銀座裏をぶらつき、何とかいうドイツ料理店へ案内された事があった。その店の主人のドイツ人と佐多先生と、ぺらぺらドイツ語をしゃべっていたが、やがて運ばれて来た料理は、生の玉葱を生の鰊で巻いて、甘酢に漬けたものであった。成程ドイツではこんな風にしてたべるのかと、感心して味わった。美味であった。

鰯とか鰊とかは、下賤な魚には相違ないが、しかし調理法によっては、実に粋な味わいを持っていて、鯛鱧よりも勝って感じられる時がある。きりりと小股の切れあがった味わいで、火消しの頭、大工の棟梁などにふさわしい。幼ない子供の好くべき品ではないが、産地に生れたおかげで、子供の時からその味を知っているのは、仕合せな事の一つである。鰊漬の大根とともに、みがき鰊をほろほろ嚙む味も忘れられず、鰊のぬたは望めないが、せめて鰊漬ぐらい東京でつくってみたいと、思いつつ数十年、いまだに果せず、今年も冬が過ぎてしまった。

雪どけと鰊と卒業式と、これは札幌に育った者の、終生忘れられぬ思い出である。停車場の石炭置場に、消え残る雪の色。そうして貨車は、銭函《ぜにばこ》から、蘭島《らんしま》から鰊の山を運んでくる。ゴム長靴をはいた出稼人が、二等車にまで溢れている。どこもかしこも魚臭い。――その時私たちは学校の講堂で、仰げば尊しわが師の恩をうたい、新しい生活へ第一歩をふみ出すのであった。鰊のくきとともに、われわれもまた、新しい環境へなだれ出すのであった。

美しきものは

水なり。人知れぬ山かげにわきいずる泉の、ひそやかに空のいろ雲のかげをうつして、静もりたる。野道ゆくいささ流れに、はなびらなどの浮びたる。朝露。雨のしづく。月の光したたる夜の湖。新しき年のはじめに、書き初めせんとて若水の桶より汲み出し、何石なるや名は知らねども、緑深き硯の海に、なみなみとたたえし水のいろ忘れがたし。幼《いと》けなき日、母にかがりてもらいし手毬美しかりき。とうすみという、神棚のみあかしにもちうる、軽き草をしんにして、紅青もえぎ紫など、ありあわせの木綿いとにて、丹念にかがりし手毬なり。何気なくかがりゆく糸のあやに、自ずから美しきもよう織りなして、程よき色のとりあわせも、ぬき糸の廃物利用なりし。春永き日の縁側に、五彩のあや美しき手毬ついて、はずむはずまぬと競いしは、いつの頃までなりしや。その後ゴムまりという簡単なるもの現われて、母の心づくしの毬は姿を消しつ。あの毬一つ、いま手許《てもと》にあらむにはとなつかし。

総じて、幼き日の思い出は美しきものなり。暮れそむる夏の夕つかた、山紫にけむりて、空の浅黄ややうすれし頃、山の肩あたり、金色にかがやきいずる宵の明星。遊び疲れて家路へかえる子供等の、さよならまた明日と呼びかわす声、うらさびしく身にしみて、今日もかくて終れるよと、遊びの場所の去りがたく、家の茶の間に食事の支度ととのえて待つらむ母の顔なつかしく、帰らばや、とどまらばやと、迷う心に見あげし宵の明星、われに何やらものいう如く、美しくまたたきぬ。

去年の一ト夏、箱根の旅舎にやどりてありし日々、たそがれて明星ケ嶽の肩の上にきらめきいずる金星を、人々みな美しとたたえあいたり。われ一人心の中に首ふりて、否とよ、ふるさとの藻岩の山の上にいずる宵の明星こそ世にも美しき極みなるをと思いしは、鮎の自慢をする人々の、猪名川《いながわ》の鮎、吉野《よしの》の鮎、否それよりもわが生れし国の川の鮎はと、各々その香味を誇りてゆずらざるにさも似たり。あわれふるさとは、かくも美しく心にしみて忘れがたきものなるか。

春三月の末つかた、わが生れしは北の国なれば、十二月より降りつみし根雪の、ようようとけそめて、四ケ月ぶりの黒き土の色、消え残るまだら雪のあいだ、しめれる土をかすかにもたげて、恥かしげに覗きいでし蕗のとうの、そのさ緑の美しさ。雪国の者ならでは味わい知れぬよろこびの一つなり。

雪国の冬のわびしさは、来る日も来る日も雪のみ降りて、天も地もただ一トいろに埋めつくされ、あまつさえ吹雪のあした、夜半などゆきかう人もなく、各々家にこもりて、なす術もなく風の猛威に脅えおののく折柄、ひゅうひゅうと硝子窓打つ吹雪の音をかがりて、時計台の時つぐる音、いとも清らかに、澄みとおってひびき来るうれしさ。皆々生命救われしように顔見合せて、一つ二つと数えつつ、消えゆく余韻を惜しみあいしが、かかる美しき鐘の音いろよそにてはききし事なし。雪に埋れし家々、人々の心の、その鐘の音をとおして互いに結びあい、慰めあいし故なるや。朝に夕に美しき鐘の音ききて育ちし人々の心の、濁りては鐘に恥かしかるべし。

吹雪やみて月となりたる氷柱《つらら》かな。終日荒れ狂いし吹雪の、夜に入りてふとやみし時、何か人恋しく門の戸ひらきて眺むれば、そとは皎々《こうこう》と冴えわたる月夜となりて、家々の氷柱、水晶のごとくきらめける美しさ。身も魂もしんとこおりて、われもまた月の宮居の人となりたる心地ぞすなる。

春はさくら。朝陽に美しく、夕陽に艶に、夜ざくらの風情またひとしおなり。ほころびそめし蕾の紅のつつましさ。満開の嬌奢《きょうしゃ》。さて散り際のいさぎよさ。来る春ごとに思い深まる美しさなり。いつの年なりしか、京都よりの帰るさ、寝台車の窓に一人眼ざめて、半ば夢心地に眺めやりし平野のかなた、小高き山ありてその山の中腹にただ一トもとの桜の、暁のもや紫にこめたる空に、ほのぼのと匂うが如く咲きいたる、はっと一時に眼ざむるばかり、気高くも美しかりし。由比蒲原《ゆいかんばら》のあたりとおぼえたり。

秋はぶどうのたわわなる房に、夕陽のすきとおりたる。秋茄子の新漬の歯を染むる茄子紺いろ、いつみても美し。冬は木枯の音ききすましつつ、一人端坐する炉の前。菊の花びらのようなる切り口の紅と燃えて、やがてそのまま灰となりゆく池田炭の美しさ。赤楽の茶碗に、緑濃き抹茶の美しさ。まことこの一ト時に、積年の憂さも忘るる思いなりけり。大和の国に生れいでたるありがたさよ。

わが机

越後《えちご》より享けしちまきや蓬の香
ちまき食しふたたび向う夜の机

筆の仕事をする人間は、ペンと机にはとりわけ心を配るものらしいが、私の机は自分で勝手に机として使っているまでの事で、元来が支那出来の、紫檀《したん》には相違ないが、まことに細工のわるい卓なのである。十二三年前、漢口にいた妹からもらって、阪神西宮《にしのみや》の寓居《ぐうきょ》の、ささやかな客間に据え、マッチと灰皿をのせておいたが、お客があって時分どきになれば、たちまち食卓と早変りした。

昭和七年の初夏のある宵、私はふと思いついたものを、家人が寝静まってから、この卓の上で書きあげた。以前には私も、美しい紫檀の机を持っていた事もあったが、その頃は家財を売り払って大阪へ引越したところで、机どころのさわぎではなかった。すこしは持っていた本も残らず売り払い、私は普通の家庭の主婦らしく、家族のつづくりものなどに精を出している時であった。朱色のオノトの、それは子供が池田の従姉妹《いとこ》から貰ったのを、いつか私が使うようになった、その万年筆で、二尺五寸角の卓の上で「着物・好色」という十枚ほどのものを書きあげたのであった。

幸運にもこの一篇はすぐ中央公論にのって、私の道は拓けて行った。まもなく東京へ出て来たが、いつまでも机を買う余裕はなくて、私はやはりこの茶卓で書きつづけた。オノトのペン先きがまるくなって、到頭使えなくなるまで、書きつづけた。

ようやく机の買える時が来て、私は松の一枚板の女節と男節のある、四尺あまりの大きな机を注文した。私は女らしいきゃしゃな机の上では、どうにも仕事がしにくいのである。できてきた机は当時の豪華版で、人はみなほめてくれた。だが、坐ってみるとそれは、長さはあっても、奥行がないために、私にはひどく使いにくかった。

半年ばかり使ってみた末に、私は到頭その新しい机を押入の中へしまった。そうして昔の、湯呑のあとや、無数のきずのついている卓を取り出して、ふたたびわが机とした。何となく、倶《とも》に苦労をしてきた妻を、いささかの余裕ができたからとて袖にして、新しい女と馴染んでいたのが、やはりもとの妻へかえった心地がして、気が休まった。

机にはいつもごたごたとものがのせてある。書きさしの原稿をはじめとして、ノート、日記帳、返事を出すべき手紙の山、読みさしの書物。ジョニオーカーの骸子入れの革筒が筆さしの代用をしているが、これは昔、横浜のニューグランドのバアにいた、市川一郎さんに貰ったので、この代用筆さしの中にはいっているのは、京都の珍竹林の矢立が一本、これは開新堂の村上さんからいただいたもの、鳩居堂の筆が大小二本、これは子供の銀座土産。黒いほっそりした軸のしん書きが一本、これは北京から入らした方紀生さんに頂いたもの。

筆さしの隣は硯屏《けんびょう》で、染付のざくろの絵に、「我与筆硯有何縁一回書了又一回不知此事間阿誰大雄調御天人師」と良寛《りょうかん》和尚の詩が書いてある。京都の近藤悠三《こんどうゆうぞう》さんの作で、猿丸元さんから頂いた。その手前は硯と印肉入れとならんでいるが、印肉入れはやはり染付で、これは二十年昔夫が銀座から買ってきてくれたので、中には印肉でなくて、ちいさな朱硯がはいっている。

朱硯でない方の大きな硯は、私の子供時代に、父にねだってもらったもので、何という石か知らないが、くろずんだ緑に、一面菊花の彫りものがしてあって、左横に「秋菊有佳色」と彫ってある。この下に「酒樽登市」「家蔵」とあって、何か曰くがありそうだけれど、私にはわからない。墨は佐野繁次郎《さのはんじろう》さんに頂いた紅入。

その隣の水差しは、五年前中支那の杭州へ行った時、そこの骨董店で夫が買ってくれた黄交趾《きこうち》まがいの品である。竹のもようがついているので、その頃出した随筆集の名にちなんで買ってくれたのであった。水差しの手前のインキ壺も、夫が京都の骨董店から買ってきてくれた染付の油壺で、ふたの代りに大倉陶園の陶器の鈕がかぶせてある。これも子供がはじめて強羅《ごうら》ホテルへ遊びに行った時の土産である。

インキ壺の隣にトランプが一つ、鮮やかなスカーレットと浅黄の地に、白く船の模様が浮き出している。去年アメリカから交換船で帰ってきた、毎日新聞の高松棟一郎《たかまつとういちろう》氏が、乗ってきたスウェーデンの遊覧船のトランプを、お土産にくれたのである。高松さんからもらったものはもう一つ、ベルギーのしんちゅうのノッカーで、塔の上に鶏のとまっている形である。私はそれを、文ちん代りにつかっている。

文ちんはほかに、父からもらった刀のつば、江戸《えど》神田《かんだ》住《じゅう》伊藤《いとう》甚右衛門《じんうえもん》政方《まさかた》と銘のある銀杏のもよう。それから金の目貫《めぬき》のついた小柄。これは文ちんにもペーパーナイフにもなる。ペーパーナイフはほかに、象牙の柄に銀で、椰子の下ゆく土人の姿をこまかく彫ったかざりのついたのがあって、それは私の本を読んでくれるという、若き海軍軍医中尉から、南方土産に贈られたものだけれど、贈り主の消息は此頃絶えてきかない。手ずれて艶のよくなったナイフを見るにつけても、まさきく在ませと祈らずにはいられない。

中支那地方の最前線におられる某部隊長から、わざわざ部下のお方に託して贈られた茄子の彫刻品も、文ちん代りに机上にある。私の本の「秋茄子」の出版を祝って届けて下すったのであった。まったく私の机の上にあるものは全部人から頂いたものばかりで、自分で買った品は一つもない。そうして、これを書いている万年筆もまた、オノトが使えなくなった頃に、ちょうど岩波書店の岩波さんから、外遊土産に頂戴した。此頃なかなかやかましいパーカーの、鮮やかな緑いろの横がらの軸である。

去年の十二月三十一日、南方から帰ってきた猿丸さんが、久しぶりで会った強羅ホテルで、一しょに夜の食卓をかこみながら、不意に胸もとのポケットから取り出して、これあげますと私にくれたのは、やっぱりパーカーの万年筆であった。緑と黄と、ほそい縞がたてにちいさく入れ交って、きらきらと光って、まるで玉虫のような感じの軸であった。思いがけなくパーカーが二本になり、万年筆など一度も自分で買った事がなく、また買おうとも思わないのに、やはり自然に天が与えて下さるのであろうと、私は机上のあらゆる品々を見るにつけても、天恩と人の情けとを、深く身にしみて感ぜずにはいられないのである。ちまきは越後をふるさとに持つ新橋の美しいひとが、おくにの土産にくれたのを黄粉をまぶして夜食にたべて、もう一度新しい気持に、徹夜の机に向ったのであった。この句を読んだ人はどんなに清らかな、風雅な机であろうとなつかしがってくれたかもしれない。私のところへ手紙をくれる読者は、私が昔の物語の中の人物のように、いと清らなる経机のような机に向っていると想像されるらしいが、実のところ、私にはまだこの卓でもちいさくて困るので、できる事なら大きな西洋机の、がっしりとしたのを据えて、椅子の上に坐りこんで、仕事をしたいものだと思っている。

故郷の味

おっかさんのこしらえてくれた手料理ほどおいしいものがないように、自分の生れた土地のけしきほど心にしみてなつかしいものはないとおもう。山の色水の色空の色、道ばたに咲くたんぽぽの色までがよその土地よりすぐれて美しいとおもうけれども、所詮は身びいきに過ぎぬのであろう。おっかさんの味加減は自分ひとりの味であって、よそのお方にはすすめられぬ。

私は北海道の札幌に生れ、町の中に原始林のあるような、けしきなどという優しい言葉とはあまりにかけへだてた荒々しい自然の中に育ったおかげで、普通に美しい風景はみな手頼《たよ》りなく、ちょうど箱庭でも眺めるようにきゅう屈な感じがするのである。それでも東京にいるあいだは、むさし野の雑木林と石狩《いしかり》平野の楡の緑と一脈相通ずるものがあって左程にも思わなかったのだけれど、震災以来関西に居を移して見ると、あまりに整いすぎたあたりの美しさに、何かお菓子の中にでも住んでいるような、迂闊《うかつ》に身動きもできぬようなあやうさを感ずるのであった。踏みしめる地面の土の色の白いという事からしてどうにも合点がなり難く、白砂青松《はくしゃせいしょう》と小学校の読本で習って憧憬《あこが》れていた舞子の浜へも、行ってみるとおもちゃの国を眺めるようなそらぞらしさがあたまへきて、それが自然に成った風景とはどうしても信じられないのであった。浜辺の松に風がわたっても、枝葉の動かぬ事が私には驚きの一つであった。北海道の樹という樹はことごとく風に応えて、その葉をそよがせぬものはない。

関西は樹までが薄情だと私は東京の友だちに手紙を書いた。何処へ行っても松の樹と石ばかりで無表情におし黙っていると不平を云った。その上どんなちいさな貸家でも、一軒の家は一軒の家らしくきっちりと建っている事まで、バラック育ちの私にはちょっと寄りつき難い心地を起させるのであった。田舎者が都へ出て、道端の乞食にまで気怯《きおく》れするような感情とそれは似ていた。染付のお皿や錦手の鉢に盛られた御馳走はもちろんおいしいにちがいないが、それだけでは満足しきれぬものが何処かに残っていて、大鍋でうでたじゃが芋にバタをつけてたべたいと思ったりするのである。林檎は樹になったままがぶりとかぶりつき、苺は朝露に濡れたのをそのまま洗いもせず口へ入れる。鮭は漁れたてを素焼にして大根おろしをそえて、――とそんな風に、私の心の風景は万事手づかみで荒っぽい。

三年大阪に暮して東京へ出てきた時は、故郷へ帰ったように吻《ほっ》として、東京は町の中でも緑があるとよろこんだ。だがその後又四年あまりを阪神間に住み馴れて、再び東京へ出てきたある日、用事があって荻窪《おぎくぼ》まで行った帰りを、新しい帝都電鉄に乗ってみようと、高井戸《たかいど》の駅に電車を待った事があった。丘の上のバラック建ての小駅は、さえぎるものなく眼界が展けて、向うの森の中の西洋館やこちらの杉樹立の中の小学校や、ひろびろと果しない平野のそちこちにしたたるような緑のかたまりが、ぼたりぼたりと青絵具でぬりつぶしたカンバスの上に、更に青さを落したように、惜し気もなく豊かな色をかさねているのであった。緑の過剰、——とそんな言葉がふと頭に浮んで、私は不意に阪神間の白ちゃけた土と、動かぬ石の多い山とを思い出した。

いつのまにやら私は動かぬ風景の方を愛するようになっていたらしい。さわさわとわずかばかりの風にも葉ずれの音をたてる東京の樹木を見ていると、樹木そのものが何かを訴えているような煩わしい心地がされてくるのである。青葉の緑も多すぎてかえって憂鬱に感じられ、そっ気ない阪神間の風景がいまではサッパリと明るく心に映るのであった。その土地に住んでいる間じゅう、此処は日本一の住宅地だと土池の人の自慢するのを憎らしいものにきいていたけど、離れてみればどうもそうであった、と承認せざるを得ないのである。

　一枚のスケッチを私は手許に持っている。石と硝子を贅沢に使って、もちろん材木も日本ものばかりの、北山杉の柱など入れてある貸家を、心おぼえにうつしとっておいたので、時々それを出して眺めると、そこの二階の北側の窓をひらけば、すぐ眼の前に夙川《しゅくがわ》の松林がつづいていて、その向うにおもいのほか急な角度で立っている六甲の山の姿が、なつかしく浮んでくるのである。梅雨あけ頃のじっとりと汗ばむ昼ま、さ霧のあいだに霽れて行く山のひだひだの面白さ。紫に匂うような樹々の色の美しさ。あまりにも身近な山の姿に私はふと郷里札幌の藻岩山をおもい出し、一そう心を惹かれるのであったが、初めはあれ程馴染みにくかった関西の土地に安らかな憩いを見出すようになったのは、やはり生れ故郷の片鱗をそこに発見したせいかも知れない。そう云えば食べものなども、東京のように手をかけて煮こんだものはすくなくて、野菜は野菜の色なりに食膳に供えるところ、手づかみな故郷の味とやはりひとしいものがあるのであった。人間の感情にも、東京のような洗煉された美しさはなくて、札幌も大阪もむきだしの喜怒哀楽をそのまま表わしてはばからぬ気易さが、一そう住みよく感じさせるのであったかもしれない。旅行というもののきらいな私は何処の新しい土地も知らず、ただ住み馴れた阪神間を一ばんよいところだとおもうばかりのことに過ぎぬ。

他人のほころび

同行の伊東深水さんよりも一ト足先きに東京を出発した私は、ジャカルタでちょうど一ケ月、伊東さんの来られるのを待った。そうして伊東さんが着かれるとすぐ、一緒の旅に出かけたのであったが、旅程の半ばに満たず、わずか二週間あまりで脆くも私はたおれてしまったのである。

あとから思えばそれは実に当然のことであって、病気の味を知らぬという健康そのもののような伊東さんと、病弱きわまりなき自分とが、暑熱の国の、しかも一ばん暑い季節に、毎日行動をともにするという事は、どれ程大きな無理かしれなかったのに、私はただ一筋に気を張りつめて、その無理を無理とは思わなかったのであった。たおれてはじめて気がついたのである。

マカッサルの民政府嘱託、小笠原武夫《おがさわらたけお》氏の家で私は寝込んでしまったのであったが、最初の一週間程は気が焦って困った。自分の軽はずみから、大ぜいの人に迷惑をかける事や、報道の任務の遅れる事や、あれやこれや気になる事ばかりで、神経的に食欲が減じてゆく一方であった。

だが、しばらくするうちに私はやっと気を取りなおした。やはり自分は、所々方々を歩きまわって、変った風景や珍しい風物を見たり聞いたりするよりも、一つところでじっと天井を眺めながら、一つの事をじっくり考えるように出来ているのかもしれない。病気も自分の仕事の一つなのかもしれない。——そう思ったとたんに、すっと気がらくになって、いつまでものんびりと、安心して寝ていようと思った。

民政府のタイピスト諸嬢が、交代で毎日看病に来てくれた。お役所を休んで、一日じゅう枕頭《ちんとう》についていてくれるのである。私の寝ている部屋は、午後になるとじりじりと西陽がさしてきて暑いし、といって窓をしめると風が通らない。そういうところで、そっちこっち陽のあたらない方へ椅子を持ってゆき、額際に汗をにじませながら、じっとついていてくれるのであった。私は気の毒でたまらなかったが、その気の毒さにも眼を閉じて、甘んじて好意を受ける事としていた。

おいしい鶏のスープをつくってくれた人があった。美しい花を持ってきてくれた人があった。マカッサルの少年少女の話をきかせてくれた人があった。マカッサルの子供たちは非常に音楽が好きで、まだ学校へもあがらない幼い者たちまで、楽隊のまね事をして遊んでいるそうである。細い竹の切れはしを横笛やクラリオネットの代りにして、ありもしない太鼓をたたくまねをしたり、ヴァイオリンを弾くまねをしたりして、道ゆく人に聞かせるのだそうであった。

「私たちが毎日お役所へ行く道に、その子供たちがおりますの。そうして私たちを見ますと、とてもうれしそうにお辞儀をして、早速その楽隊をやってみせますのよ」

聞きながら私は、病気がなおったらぜひ一度、その子供の楽隊を見に行きたいものだと思う。

だが、病気はなかなか癒らなかった。

西側の窓さきに、石の塀をへだてて隣の庭の、印度ゴムの樹であろうか、空をおおうような大樹のすこし厚ぼったい、黒ずんだ緑の葉が見える。明けても暮れても私の眼にはいるのは、あお空とその一もとの大樹ばかりである。

窓前の青葉重たし旅に病む

重たげな緑の葉が、さっと揺れたと思うと、何処から来たか、おもちゃのように可愛い小鳥が一羽、小首をかしげてとまっている。

「――あら、紅雀だわ」

思わず口に出していっても、声は自分の耳に返ってくるばかりで、誰も合づちを打ってくれる人はないのであった。家の人たちはお役所へ行っているし、ジョンゴスは勝手の方である。あまり病気が長びくので、タイピスト諸嬢の看病はお断わりしたのであった。

自分の声が自分の耳にかえってくる。……

そういうさびしさに一人いる時、かつかつとやや急ぎ加減の靴音がして、

「今日は。いかがですか」

と、男の子のような言葉をかけながら、おトミちゃんがはいってくる。おトミちゃんは民政府のタイピストの中で一ばん年少の、まだ二十歳にもならぬ少女であるが、他の人を遠慮した私は、おトミちゃん一人にだけ、勝手な雑用を頼むのであった。病院へ薬を取りにゆくお使いとか、何か買ってきて貰うとか、そういう事を、まるでお隣の子にでも頼むように、何の気がねもなく頼むのである。

「今川先生ね、心配してましたよ。とってもいい薬をのましてあるのに、まだ癒らないのかって。……」

おトミちゃんは薬を卓の上に置きながらいう。男の子のようにそっけないが、私はその声をきくと、いつも明るく胸が晴れてゆくのであった。おトミちゃんは高等小学より出ていない。

「うちのお母さんね、私を事務員にしようと思って、簿記の学校へやったんですよ。でも私は簿記きらいなので、タイプライター習ってタイピストになったんです。そろばんは好きだけれど、簿記はきらい。そいでも免状はちゃんと持っていますよ」

おトミちゃんはそんな風に、何でも率直に話をする。浅草育ちで、歯切れのいい調子をきいていると、私はふっと高峰秀子《たかみねひでこ》の「綴方教室」を思い出す事がある。しかしおトミちゃんは高峰秀子のような丸顔ではなく、どちらかといえば細面のひきしまった顔立で、きめのこまかな小麦色の肌と、黒い瞳と、形のいい鼻と、それから実に美しい唇を持った少女である。

おトミちゃんは、一ばん最初に私に梅干を持ってきてくれた。マカッサルでは、——否、おそらく南方では何処でも、梅干は非常な貴重品であるにもかかわらず、おトミちゃんは惜しげもなく私のために、たくさんの梅干しを持ってきてくれたのである。

お腹をあたためる懐炉を持ってきてくれたのも、またおトミちゃんであった。懐炉灰が足りないときくと、翌日は何処からか大量に仕入れて来た。ふしぎにこの少女は、どんなものでも必ず手に入れてくる。

　おトミちゃんが看病の当番になった時、水枕に新しい氷を満たし、枕頭の花を活けかえ、さて、まだ他にする事はないかという風に、椅子に腰かけて一トわたり部屋の中を見まわした。そうしてその眼が、壁にぶらさがったまま幾日かを経た、私の上布の上にとまったと思うと、おトミちゃんはいった。

「着物、たたみましょうか」

　ああ、その言葉、――その言葉こそは私が毎日待ちに待って、そうして誰からも得られなかったものだったのである。ある人は気がつかなかったのかもしれない。ある人は気がついても遠慮したのかもしれない。しかし病気の自分が一番気にかかっているのは、壁に着物をぶらさげたまま寝ているという事であった。それは細帯一つで人前へ出るよりも、もっとだらしのない事であった。

　おトミちゃんは着物を抱えて別室へ行った。そうして相当長い時間を費して、やっとたたみあげてきた。

「着物なんてあんまりたたんだ事ないから、うまくいきませんけど、……」

　広衿の、しかも上布の単衣《ひとえ》などさぞ畳みにくかった事であろうに、おトミちゃんは鼻のあたまに汗の粒を浮かせながら、それでもきちんと畳んできて、私の鞄の中へしまってくれた。女らしい、——何よりも一ばん女らしい心づかいを、男の子のような、しかも一ばん年少なおトミちゃんに見せてもらった事は、まったく思いがけないよろこびであった。

南方へ来ている女の人たちは、それぞれに勝《すぐ》れたものを持っているが、私は何よりもその根本に、他人のほころびを縫う気持を、——つまり眼立たぬ地味な女の愛情を、いつも変りなく湛えていて貰いたいと思うのである。あらゆる親切は、そこからあふれてくるものでなくてはならない。

ようやく病気のなおった私が、客間に坐っていたある朝、小雨の中をおトミちゃんは颯爽《さっそう》と自転車を乗りつけてきた。

「ビリンビンが手にはいりましたから持ってきました。はだん杏みたいでおいしいんです」

それだけいうと、おトミちゃんはまたさっさと、レインコートの裾をひるがえして、自転車に乗って行ってしまった。

それから三十分ほどして、私は急に飛行機の席が出来て、スラバヤへ出発した。

「折角くれたんだから、持っておいでよ」

小笠原さんがそういって、私の書類入れの中へ二つほど入れてくれたビリンビンを、私はその日の夜更け、スラバヤのホテルでたった一人、再び痛みはじめた胸の痛みを抑えながら、ナイフでむいていた。ビリンビンは黄色い風車のような妙な形の果実だけれども、果汁は豊かで、そうして甘酢っぱくおいしかった。私は指からしたたる果汁をすすりながら、何か胸のせまる思いで、別れをつげる暇もなく別れてきた、おトミちゃんのことを思ったのであった。

大阪土産

汽車に乗ったらすぐ食堂へ行きましょうという約束で、そのとおりすぐ行ってみたけれど、駄目駄目と、私がまだ途中でまごまごしているうちに、もう嶋中《しまなか》社長が引っ返してきて、満員ですよといわれるのであった。

「京都まで行ったら、あきましょうか」

「さあ、……どうですかねえ」

向いあわせの寝台に腰かけて、ぽかんとしていたが、何しろお腹がすいてしまった。お昼御飯を今橋の「いせや」でよばれ、それから伏見町の木津宗匠のお宅でお手前の御馳走になり、六時から女の人ばかりの会があって、夕飯をたべる時間もなかったし、たべたいとも思わなかったのだけど、その会が終ると同時に急にお腹がすいたのである。九時三十分の東京行きで、どうせすぐには眠れないのだから、食堂車で一服してからだとちょうどいいと考えていたそのあてがはずれてみると、手持ぶさたで、何となく、顔のやり場に困るような心地である。こういう時、一人なればかえって気楽にちがいないが、お互に相手の気持をおしはかり、きゅうくつになるらしい。

「おすしをここで、たべましょうか」

思いついて、私はいった。いせやのおかみさんが、わざわざ届けてくれた「吉野」のむしずしである。せいろにはいっているから、そのまま蒸してたべられるし「ちめたいままでも」おいしいという話であった。

「こりゃうまい。こりゃ食堂なぞへ行くよりはよっぽどおいしいですね」

ボーイさんにお茶とお皿をもらって、盛りわけてたべながら、嶋中さんはそういわれた。吉野のおすしは、ちいさなせいろにはいって、ふたをあけると、一面にしきつめた焼玉子の細切りが、眼のさめるように美しかった。

食後には、これもおかみさんが特別にとりよせた「鶴屋」のきんとん、黄味餡のさっぱりしたのをたべて、それで大阪の名残りの晩御飯を終ると、今日は一日いせやで暮れましたねと、嶋中さんがおいいになった。とたんに私の眼の前に、お昼の御馳走のかずかずが、淡彩の軸のように浮かみあがった。折敷の上に鮒ずしと干し雲丹《うに》と、そうしてまだつぼみの菜種の瑞々しいさ緑が、いかにも春らしいとりあわせで、猪口をのぞくとここにはまた、嫁菜《よめな》にまじってちらちらと、つくしのあたまの黒いのが見えている。鯇《ひがい》のおつくりも珍しかったし、えび芋のからあげもふっくりと味がよかった。春日うらうら、白い障子に一ぱい陽があたって、自在につるした大きな鉄瓶の煮えも長閑《のどか》に、抱一《ほういつ》上人の山茶花《さざんか》一枝。女あるじの心にくいもてなしぶりが、今さらに胸にこたえてきて、ざわめく寝台車の埃の中で、私はしばらく、この春第一の思いがけない御馳走を、しみじみと味わい返した。

二月二十六日、生れてはじめて講演旅行というものに、大阪へ行った帰りであった。嶋中社長の席の横に、葵屋のかさばった包みがおかれてある。東京へのお土産である。紐は東京の方がよいのだけれど、といいながらツイそんなものを、えらんでみるのも、やはり旅の心であろう。心斎橋を歩いたついでに私も、ちょっと小大丸《こだいまる》の店をのぞいて、番頭の新七さんにお召を一反頼んできたが、どんな柄がとどくかしらと、私の土産のたのしみは、まだ半月もさきにかかっている。

きき酒

ぼんやりしていても仕方がないから何か始めようという話が出た。酒屋がよいだろうときまった。夫の母が灘の生れで酒屋に親類が多いからである。神楽坂下の電車通りに新築の貸家があって家賃百円といい、二階は三間よりないが店は相当広くて卸売りも出来そうである。むかし姉の家の番頭をしていていまは東京にも取引のある酒屋さんが上京のついでに一緒に見に行ってくれ、此処なればよいと云った。そうしていよいよ敷金を渡そうという日になって大阪から電報が来た。イヘカリルコトミアワセ。

お隣が桝本《ますもと》だという事をその酒屋さんが大阪へ帰って伝えたために、みんなが驚いてしまったのである。そうしてみんなが驚くとその家をすすめた酒屋さんが今更らのようにびっくりして今度は止めさせる方の先立ちになったのである。だが灘からはもう番頭が出てきてしまい、酒の樽も送り出したとしらせがあって止めるに止められぬ羽目となり、到頭屋敷町のまん中で門のある家に住んだまま酒屋をはじめるようなことになってしまった。

酒屋をやるというからには私も一っぱしの飲み手にちがいないと考えたのであろう、灘から出て来た番頭は初対面の時にすぐ私に向って、奥さんはだいぶいけまっしゃろと、ちょっと人さし指と親指で形をして口の傍へ持ってゆく仕種をしてみせた。いえそれがすこしも飲めないんですよと正直に返事をしても笑って取合わない。丹波生れの杜氏《とうじ》で小柄ながっちりとしたからだつきの、見るから意地っぱりらしいその男は、自分の睨んだ眼にまちがいはないと云い張るので、その場は私の方が負けてすませたけれど、心の底では何となく云いがかりをつけられたようで面白くなかった。私はほんとうにお酒というものを飲んだことがなく、たまに人中へ出た時など、さされる盃は素直に受けるけれどそれはただお膳の上にならべておくだけで、又新しくさされた時には前のぶんを素早く傍の手頃ないれものへあけて、さり気ない顔つきで注いでもらう。何にも飲まないからいつまで経っても酔わないのを、おしまいには相手の方で錯覚をおこし、いやどうもあなたはなかなかお強いですなと仲間へ入れてくれるのである。だがそういう相手は酔っての上の話だけれど、うちの番頭は素面《しらふ》で強情を張るのが憎らしかった。

二三日経って灘から樽がはいると、きき酒をするについてはぜひ私にもしてごらんなさいとすすめられた。酒屋をはじめるといったところで私がお酒を売るわけではなし、きき酒などをおぼえてもしょうがない。第一そんなに幾種類ものお酒をききわけているあいだには酔ってしまってどんな苦しい思いをするかもしれないと、私は縁側にならべられた六七本の酒瓶を眺めただけでおそれをなし、紙袋をきせられた猫のように次第に障子のかげへあと退りをして、うまく座をはずそうと思ううちに番頭はすかさず呼びとめて、まあ奥さんから第一番にと私の手へきき猪口をおしつけるのであった。講釈好きの番頭は一人でも弟子の多い方が楽しみらしく、夫ひとりを相手では物足りぬ風なのである。

きき猪口というものはすこぶる大ぶりな白無地の湯吞で、底にあい色の蛇の目が入れてあるのは酒の色を見るためなそうである。猪口を手にとりまず酒の色を見る。それから左の掌へのせて猪口の胴に右手の指をそえて二三度軽くまわす、お茶の湯の礼式とそっくりおなじことである。そういう風にして匂いをたてた酒を一とくち口にふくんですうっと息を吸い、ふくませた口一杯に酒の味をくくとゆきわたらせておいて、頃合いにぴゅっと葡萄《ぶどう》のたねを吐き出すように酒を吐き出してしまう。口中に残った匂いをフムと鼻へとおして、それできき酒はおしまいである。

縁側に膝をついて方法を教わっていると、子供が新しい遊戯をおぼえたように面白くなってきた。絶対にのどへはとおさないようにするのですねと念をおすと、そうです、しかし酒好きの人はどうしてもいくらかずつ飲みこんますなあと番頭はにやにやしている。飲まないですむことなら私にもやってやれぬ訳はなかろうと意を決して猪口を口の傍へ持ってゆくと、ぷーんとたった匂いがしみ入るように鮮かで、私は眼がさめたようにびっくりした。日本酒の匂いがそれ程うつくしいものだとは考えてみたこともなかったのである。

うちのお酒は縁つづきにあたる白鹿《はくしか》の酒蔵から出た品で、もちろんしるしなどはなかった。それを最初に試み、つぎは桝本の白鷹、つぎも何処かの店の白鷹、白鷹を四つと日本盛《にほんざかり》というのを一つ、おしまいにこれは千葉あたりの地酒ですと渡された猪口の酒は見るからに色も濃く、刺すような匂いがすぐ鼻へきて、口にふくまずともさすがの私にも合点がいった。ずいぶん強いんですねと顔をしかめながら猪口をおくと、これに水をわって甘みをつけて、しるしのある樽へ入れると灘の酒に化けることもあるんですさかいなと番頭は皮肉に笑った。

一通りすんでしまうとこんどはききくらべをしましょうと番頭がいい出した。うちの酒とほかの店の白鷹と、どれがどの店の品かあてっこをしようというのである。白鷹というお酒はどれも色がうつくしく匂いもよいが、それでも四軒の店の品はそれぞれすこしずつちがっているのが私には珍しかった。生れてはじめてきき酒というものをおぼえたばかりで、全部まちがっても恥にはならないと度胸をさだめて仲間入りをした。障子のかげに酒瓶をならべ二人が座敷へはいって縁側に残された一人へきき猪口をわたしてやる。座敷のうちの一人は記録がかりで渡した酒の名を書きその下へきき酒の答を書きいれる。

ものというものまったくいつどこでどんな風にまちがうか測りがたい。児戯にひとしい酒のききくらべも、一面これから酒屋をはじめようとしている人達にはなかなか重要なことであったのに、結果はまるで思いがけなく私が一ばんの成績、そのつぎが子供の時からきき酒に馴れている夫、かんじんの杜氏の番頭はたった二つよりあたらないという不成績で、やっぱり私の睨んだ眼に間違いはありませなんだなと、彼は自分の不始末をそらすために口をきわめて私をほめあげるのであった。立売堀《いたちぼり》の何んとかいう酒屋のおかみさんはきき上手で通っているが、奥さんはそれよりも上わ手かもしれぬといつか西へまわった秋の斜陽に頰を赧《あか》くしながら、そんなことをくり返して云った番頭は、きき酒をする間にだいぶん飲みこんでいたのかもしれない。

酒屋をはじめてから後は、人のあつまる席へ出ると必ずどなたか特別に盃をさすお方がある。
「ここの酒はなかなか吟味してあるでしょう、ちょっとやってごらんなさい」
そんな風にさされた盃を
「は、……」
と私はためらわず一とくちのんで下へおくと
「いくらか甘口のようですけれど、しかしコクはありますね」
そんな生意気な口をきいても誰もとがめる人はないのである。うちにいると家にいるで、一こく者の番頭はきき酒以来何かにつけて私の意見ばかりききたがる様子があって、だんだんと私は、ほんとうに自分は酒がわかるのかもしれないと思いだし、いつのまにやら名実ともに酒屋のおかみさんになりすましてしまったのである。いまから十年ほど前の話である。

がらがら煎餅

年の暮になると何となく、いろいろなものを頂くことが多くなるような心地がする。お歳暮とか何とか、そういう改まったものではなくて、未知のお方から日向《ひゅうが》の椎茸を送って下すったり、灘から甲南漬を頂いたり、紀州《きしゅう》からみかんの箱が届いたり、一日のうちに三べんも小荷物の来る日があったりして、私はびっくりしてしまった。どうしてこんなに頂くのかしらと不思議がると、暮だからでしょうと子供は一向に驚かない。だってべつにお歳暮でもないじゃないのと押し返すと、そうねとちょっと考えて「あれね、きっとお歳暮のついでに思い出して送って下さるんだわね」といった。

貰うものなら夏でも小袖という言葉がある。私も慾ばったそのお仲間で、何か変った品物を頂くとうれしくて、あけてみるまでお祭の日の子供のようにソワソワと落着かない。そういう時にお客さまがあったりすると、気持がお勝手の方へ行ってしまっているものだから、ときどきトンチンカンな返事をして、相手をまごつかせたりする。——子供の時分、がらがらせんべいというものがあった。奈良で鹿にやるような粗末なおせんべいが、三角形の袋になっていて、振るとカラカラと中で何か音がする。それをパンと両手にはさんでわると、中から鉛の笛だの泥の人形だの、いろいろ変ったおもちゃが出てくるのである。

甲南漬というお漬物は、まるで桃太郎のたらいのような大きな平樽にはいってきた。その形にまずびっくりして、一体どんなものがはいっているのかしらとのぞいてみると「あら、人じんがあるわ、筍もあるわ、独活《うど》があるわ、——まあ松茸まであるわよ」と子供が宝さがしでもするように、ねっとりと艶のいい酒粕の中をかきまわしている。茄子に西瓜《すいか》に長い胡瓜に、それからすばらしく大きな瓜が漬かっている。——ねえ、もっと何かはいっていない？　と私は隅から隅までひっくり返して見せてもらって、やっと気が落着いて、それから注意書というのを読んだら、絶対に粕の中をかきまわしてはいけないと書いてあった。もう遅すぎる。

独活も西瓜も筍も、あらゆる品をすこしずつ切って貰って、一しょに食卓のうえへのせたら、子供の時分、がらがらせんべいの中から出てきたおもちゃを畳の上にみんな並べて遊んだことを思い出した。

北京へ遊びに行ったお友達から、お土産に北京のお漬物を持って帰りますといってよこしたので、私はたのしみにして毎日待っていた。するとまた葉書がきて、今日帰りました、お漬物は途中でくさったので、神戸《こうべ》の宿屋へおいてきましたと書いてあったので、私はがっかりした。

友達が遊びに来たので、顔を見るなり、私あなたにとても腹をたてているのよといったら、どうして？　とふしぎそうである。だってせっかく持って帰ったお漬物なら、途中で捨てずに私のところまで届けてくれたらいいじゃありませんか、北京のお漬物なんて、どんな容器にはいっているのか、それだけでも見たいじゃないのというと

「ああそうね。容器はとてもよかったのよ、竹と紙でできた籠のようなもので胡瓜だの白菜だの、ちいちゃいものばかり、実にいろいろはいっているの」

容器だけなら、田舎に一つあるから、取りよせてあげましょうかといったけれど、私はもう沢山と断わった。私が見たいのはやはりその、いろいろな中身の方であった。前ぶればかりで、がらがらせんべいの楽しみを与えてくれなかったこの友達に、私はまだすこし腹をたてているところである。

七草艸子

なずな

お正月というものを、子供の時から好きであって、いまなおすこしも変りがない。子供の時は大人になるというたのしみがあって、待たれるのは当然の事ながら、いまではだんだん年をとってゆくのだから、来ない方がよさそうなものだけれど、それが決してそうではないからふしぎである。お正月の待たれる気持は、十歳の昔も三十年後のいまも更に変るところがない。

門松は冥途の旅の一里塚、めでたくもありめでたくもなし。こんな事を口まねして、女学生の頃はいっぱし大人気取で、門松を横眼に睨んだりした事もあったが、さて自分が大人になり、いくら年をとってもやはりお正月の待たれるところを見ると、あるいはこの冥途の旅の一里塚で、次第々死に近づいてゆくのが愉しいのであるかもしれない。その証拠、——というほどのものでもないが、昭和六年一月四日の日記に、つぎのような事が書いてある。

自分は今朝の新聞に「宇宙は死せず」という学説が、米国の学者によって近く発表されたという記事をよみ、無限というものの怖ろしさに、ドキンと打った心臓がそのままとまり、凍りついてしまったような悪寒をおぼえた。科学の知識の皆無な自分は、二十歳の頃ある人から、われわれが唯一無二の太陽と仰いでいる星のほかに、もっともっと大きな太陽が二つも三つもあり、われわれの太陽など、その下の下の方のちいさな太陽であって、大きな太陽の附属星にすぎぬと教えられ、宇宙というもののあまりの偉大さに、耐えきれない恐怖を感じた事があった。

その恐怖は夢の中にまでしみついてきて、しばしば自分をおびやかし、自分の厭世観はだんだんと深くなっていったのであるが、今日の新聞をよんで心をえぐられたのも、それと同種類の「絶望」とよりほかいいようのない感情であった。「宇宙は死せず」という事は、人類にとってどれほどよろこばしい福音であるかしれないのに、気のちいさな自分は「永久」という気持の重みに耐えきれず、身ぶるいが止まないのである。

何処かわからないが、何でも星と星とのあいだのごく冷たい暗いところで、水素から
つねにさまざまな新しい原子が創造されつつあるという事など、その字をよんだだけで、
自分の眼前にもうその暗い、おそろしく冷たい星と星とのあいだというようなものが浮
んできて、そこで永久に原子が創造されつつあるという、その創造力に圧倒されてしま
うのである。

なんと云っても自分などは旧時代の人間であるゆえ、最後の審判の日などという事を
信じるともなく信じているらしいのに、その最後の審判の日というものが永遠に来ない
のだとすると、――もうとても見通しがつかない。

見通しのつかない怖ろしさは、――人間が死んだ後どうなるかという怖ろしさは、怖
ろしいながらも今迄多くの人の死んだのを見て来たのである故、それから先きはわから
ぬまでも、とにかく死ぬという事を知っているだけで、もう何処かに安心があるのだけ
れど、永久に死なないという事は、――生きているという事は、まったくおそろしい。
自分はまだ永久に生きたという人に会った事がないではないか。

不老不死の願いは人間の本能かもしれないけれど、しかしまた一方、年をへて安らか
に一生のつとめを終り、永久に静かに眠りたいという思いも、やはり人間の本性である

かもしれない。生きている事ばかりが人間の望みでなくて、死ぬ事もまた人間の一つの願いであろう。――むかしの人がみんな死んでくれたから、いまわれわれは大きな顔をして生きているけれど、もしその人たちが残らず生きているとしたら、われわれは一体どうなっていた事であろう。

人の死をねがい、人の没落をねがう、われながら面をそむけたくなるような残酷な利己心が、誰のからだにもひそんでいるのは、その人自身の罪ではなくて、いかんともしがたい人間の本性なのかもしれないのである。旅のゆきずりに、むかし栄えた家の、いまは屋根にペンペン草の生えているのを見て感慨無量の中に、どこやら一抹の快感のかすかにただようおもいは、誰しも否定できぬであろう。旅人だからではない。縁もゆかりもない旅人にしてなおかつ人の心は残酷である。

七草なずな、唐土《とうど》の鳥が、日本の国へ、わたらぬさきに、ストトントントン。

そう云ってうたいながら朝まだき、暁の夢をやぶって、俎《まないた》の上でトントンと七草をきざむのだと、子供の時分母が教えてくれた。唐土の鳥というのは、もろこしの方から何かわるい鳥が飛んでくるのだそうである。それでその鳥の来ない先きに、七草をお粥に入れてたべておくと、いくら鳥が飛んできてももう畑をあらす事ができない。だから七草粥は夜が明けるか明けぬ早朝に、祝わねばならぬというのであった。ところでその七草なずな、――唄にまでよみこまれている代表的ななずなが、あの朽ちた瓦のあいまに生えて古びた土蔵の屋根などで、ひょうひょうと風に吹かれているペンペン草であろうとは、不覚にも大人になるまで知らなかった。母の郷土淡路島のような暖かい国なれば、初春の若菜も七いろ、青々と俎の上に揃ったであろうけれども、何しろ私の生れた札幌では、見わたすかぎり一面の雪野原。軒のつららが花のかわりに、きらきらと朝陽にかがやきはするけれど、青いものといってはわずかに門松の、チクチク痛そうな松葉の緑ばかりである。

君がため春の野に出て若菜つむ、わが衣手に雪はふりつつ。そういうあわゆきを前髪にとまらせながら、大地にもうっすらとまわたをのべたような春の雪をかきわけて、そのあいだから瑞々しい野の草をつみいでるたのしみは、一度も味わった事がないのである。これからさきもおそらくは一生知らずにすぎる事であろう。したがって七草も、わかっているのは、すずしろ、すずな、せり、はこべら、それになずなを入れた五つで、ごぎょうと仏の座は、どんな草やらすこしも知らない。

春の七草というものは、いつだれが、どんな風にえらんだものか、むかしから誰れかにきいてみようとおもいながら、いまだに果せないのである。もともと支那の行事をまねたものらしいから、支那にもやはりおなじ草があるのであろう。それとも日本は日本で野の草を勝手にえらんだのか。何れにしてももろこしからわるい鳥が飛んできて、畑を喰いあらしてしまうから、その前におまじないをしておくというのはおもしろい。

そうしてまたその七草の中に、ペンペン草が交っているというのは私には一そう興深く思われるのである。屋根にペンペン草を生やさぬようにとの、心細《こま》かなおまじないであるかもしれない。ちょっと油断をすれば、すぐペンペン草は生えるのである。人の心の冷酷さを、まず七草粥の中にかみしめて、新しい年のいましめとする。このような解釈は少々つむじまがりかもしれないが、私はそう考える方が趣きがあって好きである。

せり

十二三の子供の頃、親類に「ホトトギス」という俳句雑誌をとっている人があって時々それを読ませてもらった。夏目先生の「坊ちゃん」や「吾輩は猫である」が載った時分で、それを愛読したのだけれど、ついでにちょいちょい俳句の方ものぞいてみた。そうしてしょっちゅう眺めているうちに、自分も何だか俳句をつくってみたくなった。たった十七文字ならべればよいので、大へんやさしそうに思われた。加賀の千代女は、十三歳かの時に「ほととぎす、ほととぎすとて明けにけり」という名句をよんだそうだけれど、それのどこがよいのかさっぱりわからない。ほととぎす、ほととぎすとて明けにけり。そんなものなら自分にもすぐできそうに思われる。「雪の日や二の字二の字の下駄のあと」とか「井の端のさくらあぶなし酒の酔」とか、実にもう何でもない、至極無造作によめそうに思われた。

それで、ちいさな手帳を一冊買ってきて、いつもふところへ入れて歩いて、いつでも句作をしようと身がまえた。「ホトトギス」を貸してくれる人は、もう二十七八の妻子のあるつとめ人であったが、お役所から帰るとよく机の上に本や雑誌を取り散らして、それを読むでもなく、読まぬでもなく、何かぶつぶつひとり言をいいながら、どこともなく睨んでいる事がある。私がおかしがって「おじさん、何を云っているの」ときくと「いま俳句をつくっているんだよ。うるさいからだまっておいで」と、ふだん親切な人が、そういう時には大へん機嫌がわるいのである。

そんなにむずかしいものかしらとふしぎであった。私ならすぐ、千代女以上の句をつくってみせるのにと、ひそかに自負していたけれど、さて手帳を買ってきて、それにいよいよ俳句を書きつけてみようと思うと、何にも書く事がないのですこしばかり驚いた。雪どけの庭の片隅の、しみじみとした黒土の上へ、ぽっつりとひすいの玉でもおいたようにふきのとうの芽を出したのがいかにも春らしくてうれしかったので、早速それを俳句によもうと、縁側の硝子障子ごしに遠く眺めやりながら、ふきのとう、ふきのとうと考えたけれど、あとは何にも出来ない。

ふきのとう、ふきのとうとて暮れにけりでは、句にならない事ぐらいは、さすが物怯じを知らない自分にもわかるのであった。何にしても天地自然の風物をよまねばならぬと思って、屋根をすべり落ちる雪なだれや、あたたかい夜長に、ぽとぽとと軒のつららのとける音をききながら寝入って、朝眼をさますと又昨日と変りなく、長いつららのさがっているのにがっかりした気持や、いろいろと十七字にならべてみたけれど、どうしてもそれがぴったりとうまくはいかないのである。むずかしいものだという事が、どうやら私にもわかりかけてきた。

ある日友だちに誘われて、博物館の奥の方へまんさくを掘りに行った。まんさくというのは、お正月東京あたりで床の間へかざる福寿草とよく似た花である。あるいはおなじものであるかもしれない。三月すえの、町なかの雪はおおかた消えてしまった頃でも、博物館の奥あたりには、まだ深々と雪が残っている。だからその雪をかきわけて掘ると、雲の下にまんさくがうずもれている。

お天気のいい日で、町を歩いていると綿入れの羽織が背中からほかほかとあつくなってくるように、陽が照っていた。私は近所の男の子三四人と連れだって、ちいさなシャベルとバケツをぶらさげて、博物館へ出かけて行った。冬のあいだは誰一人訪れる者もないらしく、門もかたく閉されたままであるが、傍のくぐり門のあいているのを知った一人が、それを押して中へはいった。ひろい芝生の雪はところどころまだらに消えて、去年のまま枯れた芝に、のどかな陽がさしている。しかしまんさくはそんなところにはない。私たちは案内を知った一人に導かれて、裏手の方の杉樹立の奥深くはいって行った。

急に陽がさえぎられて、背中がつめたくなった。水気をふくんだ雪は、サクサクと音をたてて足の下にくずれる。どこかでさらさらと水のながれるような音がするけれども、見たところそのあたりは、まだ一面に雪がつもって、川などはどこにもない。

やがてこのへんならと見込みをつけたところへたむろして、みんなせっせと掘りはじめた。雪はやわらかくなっていて、すこし掘るとすぐぷうんと、朽ちた落葉の匂いがなごやかに鼻をうつ。雪の下には去年の落葉が厚く散り敷いているのである。シャベルを捨てて今度は指先きでそうっと落葉の層をかきわけると、茶褐色のくさりかけた落葉のあいだから、うす黄とうす緑のうるんだようなまんさくが、おずおずとあらわれる。見つかった！　と一人が叫ぶと、もう一人が、僕もとすぐ応ずる。甲高い子供の声が一トしきり杉の林へこだまして、あとは一そうしんとなるような心地がする。しめった黒土ごとそっと根を掘ってバケツへ入れて、さあもういいから帰ろうと起ちあがると、忘れていた流れの音が新しく耳について、どうしてもそのあたりに川がながれているらしい。ね、水の音がきこえるでしょうと、私はみんなに訴えて、その音のきこえる方から帰ってゆく事にした。と、いくらも行かぬうちに先頭に立った一人が、突然足をすべらして「あ、いけねえ。ここに川があらア」と叫んだ。

雪の下に、せんけんと小川がながれていたのである。私たちは物珍しく、たちまち雪をかきわけて、その下にながれる水を見た。三尺ばかりのいささ流れで、岸に何やらちいさな青草が生えている。根は半ば水につかり、ほのぼのとうす紅い。あまりの思いがけなさに、まんさくよりもずっとその草が珍しくて、ぬいてみると芹であった。お正月のお雑煮にかならず入れる芹であった。

………、田芹の茎のほの紅き。

天啓のように、そういう文字がひらめいたのである。俳句になるとおもった。俳句にしなくてはならぬとおもった。だが一ばん最初の五文字だけは、どうしても浮んで来ない。

水ぬるみとしてみたり、雪の下にとしてみたり、ぴーんとしていた手帳の紙がそりかえってくるまで、それから毎日手帳を出して書きつけてみたけれど、どうしても駄目であった。俳句というものは、何とむずかしいものだろうとやっとあきらめたが、それから三十年を経たいまなお、あたまの中にこの文字がこびりついて離れない。そうして、田芹の茎のほの紅きと口吟《くちずさ》むと、何となくあたたかい心地になるのだけれど、いまだにそれを、俳句にする事はできないのである。

ごぎょう

七日の若菜を、人の六日にもて騒ぎ取り取らしなどするに、見も知らぬ草を、子どものもてきたるを「何とかこれをばいふ」といへど、とみにもいはず。「いざ」など、これかれ見合せて「耳無草《みみなぐさ》となんいふ」といふ者のあれば「むべなりけり、聞かぬ顔なるは」など笑ふに、

又をかしげなる菊の生ひたるをもて来たれば

つめどなほみみな草こそつれなけれあまたしあれば菊も交れり

といはまほしけれど、聞き入るべくもあらず。

ごぎょうというのはどんな草かしらないけれど、むかしはそれで草餅をこしらえたと

教えてくれた人があり、私はなぜか野に咲く菊を聯想《れんそう》したのであった。菊は秋のものとばかり思っていたが、枕草子をよむと、やはり初春の草の中に交って、七草とまちがえられる事もあったらしい。匂い高い菊の若芽は、自分の知らぬごぎょうなどよりはるかに七草らしい心地がするのだけれど、ごぎょうがどんな草かわかれば、やはりその方が春の草らしくてよいのであろう。

十四五年前、大阪の叔父《おじ》さんの家で、呉春《ごしゅん》の野菊の小幅を見た事があった。掛物の虫干をしているところへ偶然ゆきあわせて、十畳の部屋一ぱいにつるしたさまざまな、立派らしい画幅の中に、ふと淡い夕月に淡い野菊をえがいたちいさな一軸を見いでた時は、驕慢な貴婦人の群に交ってただ一人、ひっそりと木綿の袖をあわせて起った佳人を見つけたように、眼の洗われる心地がした。呉春という名はその時はじめて知ったのだけれど、自分の家へ帰ってからも二三日、その淡彩の軸がちらちらと眼先きにちらついて、ああああれが欲しいと口に出さずにいられない程、その一軸に心が残った。

呉春が眼にとまったのは、女にしては珍しいと、あとで叔父さんがほめてくれたそうである。それじゃあの軸をいただいて頂戴、お金を頂くよりあの軸の方がずっとよいと私は夫にねだってみたけれど、思うようにはならなかった。私が呉春を好きだというので、新年がけにおなじ人の宝珠の玉を叔父さんから頂戴したが、これはどうやら本物ではないらしい。

叔父さんは去年の秋、六十五歳で故人になられた。あの野菊をくださいと叔父さんに向ってたのむ機会は、永久に失われてしまったのである。今度のお正月はせめて宝珠の玉をかけて叔父さんをしのび、なおかつ、あのほのぼのとした一軸を、はるけくしのぼうと思っている。

はこべら

何かよほど母の気にさわるいたずらをしたと見え、泣いてはねるのを女中と二人で無理に手足をおさえて、裏の納屋へおしこまれた。ビシンと錠をおろして、立ち去ろうとする母の足音が消えぬうちにと、力一杯戸にぶつかり、声をかぎり泣いて哀訴したけれども、二人の足音はそのあいだに、無慈悲に遠ざかって行ってしまった。

秋の頃なれば小豆《あずき》やこてぼの俵など入れておくのだけれど、ちょうど真夏の事で、納屋の中は牧草が一ぱいにつまっていた。私はその牧草の山によりかかって泣いていたのだが濡れた頬へいつのまにやら牧草のいくすじかへばりつき、口の中までシャリシャリとはいってきた。すこししめっぽくて、カルルスせんべいの中の黒い葉っぱを嚙んだ時のようによい匂いがした。

私はやっと三つの子供で、泣いている事にはすぐ飽きた。そうして何か遊ぶ事はないかとあたりを見廻すと、片隅に林檎のふるい空箱が積んである。それを足場にして牧草の山のてっぺんへのぼって見ようと思いついた。

長いあいだかかって、やっとてっぺんへのぼったような心地がする。ふっくらとから
だ全体がおちこむような牧草の山の上で、のびのびと手足をのばして寝ころんだ。寝こ
ろんで仰ぐと、ずいぶん高いところへのぼったつもりなのに、納屋の天井はまだまだず
っと高くって、その高くて、くらいまん中に、一尺ばかり、海のようにあおい硝子のは
めてあるのが眼についた、ふしぎなものがはめてあると、しばらくじっと眼を凝らすと、
それはふつうの硝子窓で、あおく見えるのは空の色だとわかった。たんぽぽの綿毛のよ
うな白い雲が折々軽そうにふわりとうつって、そして又すぐ消えてしまう。ほんの一尺
四方にかぎられた空だけれど、なぜか途方もなくひろくって、途方もなく高いように思
われた。

いつともなく私はそこで、すやすやと眠りかけた。時々眼を開けて見あげると、その
都度空は変りなく、リボンのようにかがやいている。ああよかったと何がなし安心して、
やがて私はぐっすり寝入った。

あわただしい人声に驚かされて眼をさますと、お隣の小母さんが半ば泣き声になりな

がら私の名を呼んでいる。「天狗にでもさらわれたんじゃないかねえ。ええおふじさん」とうちの女中を相手に、納屋の中をうろうろと探しているのである。牧草の山のてっぺんからむくむくと起きあがって「ここよ」と云うと、小母さんはびっくりして「あれまアあんな高いとこさあがってる、どうしてあがったもんだか」と、お故郷《くに》言葉をまる出しにした。

子供のない小母さんはふだんから私をほんとうの子供のように可愛がって、母がお仕置きをする度に顔をあかくしてとめにきてくれるのである。「西も東もわからんものを」と私のあたまを撫でながらいつも小母さんは呟やいた。そうしてきっと何かお菓子をくれるのだが、その時も牧草の山から私を抱きおろして、納屋のそとへつれ出すと「ささ、これをたべなさい」と、白いお皿に大粒の苺を五つ六つ盛って、上から白ざとうをかけたのを、大いそぎで私の眼の前へつきつけた。

天窓一つの納屋のうす暗さに馴れてしまった眼が、いきなり戸外の眩しい光にぱちぱちとまたたいて戸まどいしたが、それでも苺の紅の美しさは好もしく眼にうつって、蒂《へた》の緑もくっきりと浮きあがった。「あ！　家鴨の子はどうしたかしら」……苺の蒂が眼にしみついてきた瞬間に、私はちいさな家鴨の子をおもい出した。鶏にだかせた家鴨の卵から、やっと二つだけかえった家鴨の子を私は自分のものにしてもらって、毎日はこべらを摘んでやるのを、楽しい仕事にしていたのである。

その日は何かに遊び呆けて、まだ一度もはこべらを摘んでやらなかった。それをおもい出したので、好きな苺にも手をふれず、一散に駆け出して見にゆくと、家鴨の子は庭さきの小川のふちで、親の鶏につれられてのんびりと遊んでいた。はこべをやらなかったので死んでしまったかもしれないと気が気でなかったけれど、家鴨の子は二羽ともまっ黄色な羽根をパタパタさせて、元気よく歩いていた。

しかしそれから一週間ほど経って、私があの日ひょっと心配したように、家鴨の子はほんとうに死んでしまった。お天気のいい日の午後、急に激しい夕立があって、そとに伏せておいた鳥籠をうっかり忘れたため、気がついて裏の土間へ入れた時には、家鴨の子は二羽ともぐったりと雨に打たれて、私がいそいでいってみると、黒い土の上に黄いろい毛糸のたまのようなかたまりが濡れそぼってころがっていた。閉《た》て切った裏の戸のすきまから、するどい電光がさっとほとばしって、紫いろの光りものが、黄いろいかたまりを切り裂くようにはしって消えた。

すぐ炉のそばへつれていって、水気をぬぐったり、気つけのとうがらしをふくませてやったりしたけれど、家鴨の子は二羽とも眼をつぶったまま、それなりもう生き返っては来なかった。おさない私は、きっとあの紫いろの光りものが家鴨の子を殺したにちがいないと思った。

眼の前にはっきりと死というものを見、死というものを感じた最初の記憶である。私は三つの年から五つの時まで、母と二人で札幌郊外の林檎畑に暮していたが、これはその折の出来事である。その後しばらく、鉄道線路や土手の横などに、青々と生えたはこべらを見ると、子供ながら私は不意に涙がこみあげてきて困った。

ほとけのざ

試みに字引をひくと、ほとけのざ、初生ノ円葉地ニ敷キテ仏ノ蓮華座ニ似タリ、鶏腸《カワラケ》草《ナ》ヲ春ノ七種《ナナクサ》ニ用ヰル時ノ称。とある。

それでかわらけなを引いてみたら、土器菜ノ義ト云フ、草ノ名、地ニ就キテ叢生ス、葉ハ円クシテ五六分、長キ蒂アリ、春ノ末三五寸ノ薹ヲ出ス、葉、長クシテ互生シ、蒂無シ、穂ヲ出シ五弁ノ小花ヲ開ク、青白色ナリ、此菜ヲ春ノ七種《ナナクサ》ニ用ヰル時ハ、仏座、或ハ田平子《タビラコ》ト称ス、鶏腸草《カワラケナ》。

萌えいずる春野の若草を、あれこれと記憶にさぐり返してみたけれど、どの草がそれやら到頭思い出せなかった。

すずな

また一つ恥をさらすけれど、長いあいだ私はすずなを人じんの事だとおもっていた。すずしろすずなとつづけて云うと、どうも人じんらしくなってしまうのである。それが唐菜であり、三河島菜であるとわかった現在でも、まだ何となく人じんのちぢれた葉っぱの方がすずならしくて、三河島菜がすずなであっては、落着かない。人間の最初の記憶というものは、ずいぶん頑固なものだと感心するが、それともこんな風に片意地なのは、自分ひとりであるかもしれない。

すずしろ

このあいだあるお料理屋で御ちそうをたべていると、大根のスープ煮というのが運ばれてきた。気のおけない女同志の、口をそろえておいしいおいしいとたべてしまったが、女の好物芋たこ南きんばかりでなく、大根もやはりその一つかもしれなかった。

大根は生でかじっておいしいし、茹でてふろふきは此頃の季節には何よりもうれしいもの、ぐつぐつと気長に煮こんだのや、朝のおみおつけの千六本、お正月のおなます、鳥にも肉にも魚にも、何にでもよい取合せ。そうして又、朝々の大根おろし、浅づけ、たくあん、味噌漬、粕漬、……もうきりがない。

女の白脛《しらはぎ》をよく大根になぞらえる。洋装のはやる此頃では、嘲りの言葉にすぎないが、むかしはそうでもなかったらしく、練馬大根のようだと云えば、白くって艶があって、ふっくらして、その上素朴な趣もあり、瑞々していて好ましい。

役者の下手をなぜ大根というのか知らないが、故人の梅幸《ばいこう》は、梅幸と声をかけられるのを大へんきらったとかいう話を、ちらときいた事がある。梅幸——大根ときこえるからだそうである。

「ねえ、……」

と、御ちそうをたべ終って、ある高名な女流作家がおもむろに口をひらかれた。

「私のうちの八百屋さんてば、時々お大根をぶらさげて、玄関の前を悠々と通ってゆく事があるのよ。失礼しちゃうわね」

「あら、あなたのところはお勝手がないの」

と、誰かがふしぎそうにたずねた。その作家のお住居は、新聞や雑誌で屢々《しばしば》紹介されている豪奢な新築のお宅なのである。

「そりゃお勝手はあるわよ」

と、そのお方はにっこりして「でも裏の方へぬけ道を取れなかったので、門の側に別に出入口をこさえてあるの。そこをまっすぐ通ればいいのに、わざわざ玄関の方へまわり道をしたりするのよ。ねえ、玄関から大根をぶらさげてやってくるなんて、私たちだからかまわないけど、これが役者の家だったらどうでしょう。そんな八百屋は即刻お出入り差止めだわね」

みんな賑やかにふきだして、相変らず面白いそのお方のお話しぶりに感じ入ったが、笑いながらふと思ったのは、大根のような女という言葉は、語呂はわるいが内容はこの上なくすばらしいという事である。

役にたって滋味があって、何にも申分はないけれど、ただ西洋料理にだけは使えぬ。やはり昔ながらの七草粥の一草であろう。すずしろの女と云いかえて、私はそういう日本の女を讃えたいと思うのである。

もみじ葉

熱を出してうとうとしているおひるまえ、世田谷のとおい奥からお使いの人が見えた。水くきのあと麗しい封書に添えて、紺と紅と白い刺子のふろしき包み。枕もとでほどいてもらうと、染つけの落着いた大きな平鉢に、実に見事なごぼうと頭の芋が、ふっくらと煮ふくめられて、おいしそうに盛られてあった。まあ！　と云ったばかりでしばらくは言葉もなく、私はその御馳走に見惚れていた。

関西から贈られた野菜を煮て、昼の食事をさしあげますと、その二三日前にお招待を頂いたのだけれど、あいにく当日は先約があって、そのたのしいお食事に伺う事ができなかった。ふだんから意地きたなしの、まして野菜ときいては口につばがたまるようなのを、心を残してやむなくお断わりしたのであったが、思いもよらず当日のひるまえにわざわざ世田谷から牛込の矢来まで、とどけて下すった心づくしありがたさ。そのうえ富本憲吉《とみもとけんきち》さんの作になるその平鉢まで下さるというお話で、まだ暮ながら私のまわりには、ぱっと春がきたような心地がした。

前の晩からひどくからだをわるくして、先約も何もどこかへ飛んでしまい、ただうつうつと寝ていた私は、その野菜の見事さに急に御飯がたべたくなり、早速お粥を煮てもらった。ごぼうのふとさはさしわたし二寸あまり、頭の芋は四寸ばかり、しかもそれにまんべんなく、ふっくらと味がしみわたって、素人のおくさまの手際とは、どうしても思えぬうまさである。自分ひとりだけたべるのは勿体ないような気がしていると、すこし遅れてお客があり、惜しみながらもすぐさま御披露して、うまいうまいと云ってもらって満足した。

こんな心のこもった親切を人から受けたのは、はじめてのような心地がする。しかも私はこの美しい贈り主と、まだ一面識もないのである。仕合せな有閑マダムでいらっしゃるのか、それとも何かご職業を持っておいでになるお方か、何ともわからない。ただ察しられるのは、墨いろうつくしいお手紙と、何から何までゆきとどいたお心いれとから推してさぞあでやかな、高雅な中に一抹の粋をもたたえたお方であろうとなつかしまれる。ひょっとすると西欧の土地も踏んでこられた夫人であるかもしれない。

人とちぎるなれば、浅くちぎりて末長くとげよ。もみじ葉は濃きほど早く散るものにて候。

文句ははっきりしないけれど、たしかこんな意味の歌沢《うたざわ》があったとおもう。ひとり男女の仲のみならず、友だちもまた浅く交わって末長くつづく方が私には好もしい。私はまだかつて一度も、自分のしんそこの苦悶を友だちに訴えようと思った事がなく、また人から忠告というものをされる事もきらいである。友だちはただ、四季折々の風月をともにながめ、四季折々の食味をともにわかってたのしみたい。世田谷の奥からわざわざ野菜料理をとどけて下すったこのまだ見ぬ佳き人を、このつぎは私の方からどんな風にしておどろかせてあげようかと考えているうちに、春になったら摘草料理を御馳走しますとまたお手紙を頂いた。

だがそれも機会を得ないですぎるうち、つい先達、春宵一夕のお献立をこまごまと書いておたよりを下すった。

大丼。富本作白磁白蓮のうきぼり。

筍、ふき、わらび、くわい。(全部自宅附近のもの)

せり、黒胡麻あえ。

たんぽぽ白あえ、南京豆入甘かげん。

ふきの葉煮物、ふきの葉、油あげ、大こん

きりぼし、油いためうす味。

のびる酢味噌、白味噌、甘酢。

鮒ずし、琵琶湖。

これだけ卓上に出してあります。ああそうそう、それとせっかく僕が買ってきたのにたべないのと、子供に云われて持ち出した銚子のかつおの塩から。あとからあたたかくして出したのは、
鳥のきも揚げもの、ブランデーかけ。

豆腐木の芽田楽。

嫁菜の御飯。

松露の赤だし。

よもぎ団子、切やきみつかけ。

読みながら私は、こみあげてくるよろこびをおさえ難く、ひとりでくつくつとしのび笑いしながら、一つ一つその御馳走を眼で味わい、また舌の上に浮べてみて愉しんだが、たった一つ足りないものがある。

ねえ、おつけものはどうなすったのと、私は眼の前にそのお方がいるように、嫁菜の御飯に松露の赤だしなら、ぜひ菜の花漬がほしいところねえ。それとも胡瓜と茄子と独活にしましょうか、亀井戸に三河島菜の取りあわせも、さっぱりしていて捨て難いし。……

故意か書き落しか、香の物だけぬけていたために、私はそれを自分で、いく通りもこしらえてみて二重に愉しんだが、今日はまたその人から、葉書で麦と矢車草とポッピーの花束がとどいた。今日は花にしましょうと書いてある。私はその葉書を机の上にのせ、書かれた花束を眺める心地で、この小文をつづっている。

食味日記

五月十六日。くもり。

今日は花にしましょう。

朝、中江さんからのお葉書にそう書いてある。鉄線、ホネーサックル、たんぽぽの坊主、ポッピー、薔薇《ばら》、麦、矢車草。

私はその葉書を机の上にのせ、書かれた花束の匂いがただようような気持で、いそぎの原稿を一つ書く。このあいだは、摘草料理のお献立を記したお手紙があり、それで、今日は花にしましょうなのである。中江さんとはまだ一度もお眼にかかった事がないのだけれど、手紙の往復だけで気持は十年も前からのお知りあいのように思われる。

ようやく原稿を書きあげ、おひる頃見えた小野《おの》さんにお渡しして、玄関でお辞儀をしていると、紺の洋服を着た人が名刺を手に持ったまますつかつかとはいってきた。世田谷の中江さんからのお使いですがという。名刺を受取って見ると、御都合がよろしかったら今から一時間程後に御昼飯を持って伺い、一二時間お邪魔させて頂きたいと存じますが。

さあ大変。どうぞお越し下さいましとお返事をしておいて、大いそぎでまず髪を結ぶ。もう五日目か六日目で根がくらくらしているし、それに今晩はお隣の御夫婦から御招待を受けているので、いまから支度をしておかなくては間にあわない。二十分程で結び上げ、又机に向ってあわてて讀賣《よみうり》の原稿を書きはじめる。たったの二枚だけれど、お客さまが見える前にと思うものだからやたらと字をぬかす。——中江さんにお会いしたら、どんな言葉をつかえばよいかしらと、急にそんな事が気になったりする。手紙の上ではずいぶん勝手な事を云っているのだけれど、さていよいよお会いするとなると、やはり胸がどきどきしてくるのであった。

何という美しい方なのだろうと、私は中江さんがお帰りになったあとで、しばらくぼんやりしてしまった。東山千栄子さんのお妹さんなのだときいていたからお美しい事はかねて覚悟の上であったが、それでもあんな、湖水のように澄んだ眼をしていらっしゃるとは思いがけなかった。まつげがパチパチとまきあがって、ろしあの幼女のようにあおいつぶらな瞳である。紺のやわらかい絹セルに、深いお納戸の無地の袋帯をしめ、富本さんの陶器の帯止をしていらした。

頂いた御馳走は、ふきや筍や野菜を主にした散らしずし。支那の下手ものの皿に三人前、卵やきの色も美しく盛りわけて、運び膳にのせてお持ちになった。大鯛のうしおはアルマイトのお鍋ごと。風雅な竹籠に蕗の葉をしいて、お宅の畑の今朝摘ませたという苺を。それから食後のお菓子にかごしまのあくまき。私は初めてあくまきというものを味わったが、あくの渋味が何ともいえないうまさである。

うしおのお加減はむずかしいものだけれど、普通のお料理屋などでは到底頂けぬ味であった。ちらしずしはいうまでもなく、私はそのおいしさを表現する言葉に困って、結局はただ、おいしゅうございますとよりほか云えなかったのが残念である。

夜は予定の通り銀座へ出かけて、支那料理の御馳走になる。鮑《あわび》と鶏と野菜類を煮たものがおいしい。家の者が四人、お隣が二人、食後ぶらぶらと六人つれだって歩きながら、だれか知った人に会った者がお茶をおごる事と云っていると、中学生の子供がたちまち先輩に会ってしまった。柏の徽章に白線鮮かな一高の帽子をかぶっていた。

資生堂へはいってアイスクリームをたべる。僕、おかね持ってないよと子供がしきりに逃げを張る。来月分のお小使いから前借させてあげるというと、やっと安心して書付をのぞき、なんだ一円五十五銭か、ならいまでも持ってらと、急に大きな顔になってがま口を出した。

それじゃもう一度銀ぶらをして、今度会った人がまたおごる事と、新橋の方へ向いて行くと、千疋屋《せんびきや》の前で中央公論の雨宮さんにあう。私の番である。雨宮さんをお誘いして千疋屋へはいったら、今炭はお隣のYさんが松竹の人に会う。共有財産が大いに潤沢になったわけである。

十一時の汽車で倉島竹次郎《くらしまたけじろう》さんの出征を見送るYさんが、中学生の子供をつれて一ト足先きへ帰ったあと、十一時すぎまでいて、もう店をしめるので止むなく追い出される。ここではメロンをたべる。

お隣のおくさんと家の者三人と円タクに乗って、矢来の交番から坂をあがってくると、門の前にYさんと子供の起っているのが見えた。きっと二人でぷんぷん怒っているわよと云いあっているうちに自動車がとまり、とたんに門の前の二人はさっと日の丸の旗を出して振った。まあ呆れた、まあ呆れたと、私はしんそこから呆れながらくるまを降りた。

五月十七日。雨。

中央公論社のお招待で国技館へゆく。帰りに嶋中社長が赤坂の春香亭へ招待して下さる。宇野《うの》さん阿部《あべ》さんのうしろから自分もついてゆく。電話もかけずいきなりなので、きれいな妓が揃うかしらと云っているうちに牡丹の花びらを散らしたように、一人二人三人四人、——たちまち八人の美女があつまってきて、その美女たちが起ったり坐ったりしてお給仕をしてくれる。うずらのお椀、鯛のもみじおろし、新ごぼうの煮たのがやわらかくておいしいと思っていると、おかみさんがいかがでしょう「白水」のをそう云いましたのですがお口にあいますかしらという。なるほどおいしい筈だとおもう。

うぐいす茶のこっくりとした色の袷を着た利口そうな妓が、皆さまのお名前わかりますわと云う。宇野さんを見て、阿部さんを見て、心の中でその名前を呟くようにひとりうなずきながら、最後に私の方を向いて、お嬢さまがおありになりますわねと云ったので、私は不意に耳たぶの熱くなる気持であった。

雨夜の庭に新樹の緑が冴え冴えと濡れている。お雛妓さんがレコードをかけて、すみだ川、紫小唄などというのを踊る。まだ雨が降っている。

五月十八日。雨。

今日は晴れてくれればいいと思うのに、昨夜からのつづきの雨は一向やみそうもない。お客さまはみんな足駄をはいてコートを着て、髪や眉毛に雨の滴《しずく》を光らせながらはいってくる。門に屋根がないので、傘をすぼめた時どうしても濡れてしまうのである。

八人あつまる。三十年前のクラスメートで、何を云ってもしても気のおけない同志である。その当時体操受持の松野《まつの》先生も入らして下さる。六十八というお年をきいて驚くほど面影は昔のままで、鼻の下のおひげにも変りがない。老先生を中心に「川てつ」のいり鳥のお丼とさよりのお椀でお昼の食卓をかこむ。世田谷の永井《ながい》さんが、私の好きな事をおぼえていて、京都の菜の花漬とお庭の花を持って来て下すった。紅、白、クリーム黄にぼたん色と美しく入り交った大輪の花を、早速朝鮮の下手ものの壺いっぱいにあふれるほどさして、白いテーブルクロースの上におく。まあきれいとみんなが眼を見張る。永井さんがむかしイギリスから持って帰られた苗であるよし。氏はよいのですが育ちがわるうございましてと謙遜なさる。

三時のお茶には開進堂の洋菓子と長門《ながと》の甘味を出す。おいしいお菓子だと評判がよい。暮れてなお雨やまず、人去りし部屋の中に馥郁《ふくいく》と薔薇の香が匂いこめている。私はたった一人部屋に残って、しばらくじっと眼をとじてその匂いを吸った。

家庭料理

内閣がかわると、その都度かならず、元老や新総理の食事のことが新聞にのる。私はむかしからそれを読むのが楽しみの一つで、今度の政変にも、近衛さんは何を召しあがるのかしらと、一ばんさきにそれを探した。そうして組閣第一日のお夕飯、築地錦水《きんすい》の豪華献立というのを早速手帳にうつしとってやっと気が落着いた。

「鮑塩蒸し、川鱒の塩焼、川海老、鴨の煮付に筍、唐茄子、ゆば、夏松茸の吸物にメロン」

手帳にひかえたこの品書きは大へん私の気に入った。というのは自分の好きなおかずばかり揃っていたからである。ただおさしみと酢のもののないのが、少々物足りぬようであったが、翌日の新聞には生もの一切召しあがらないのだと出て、自分もおさしみは好きらいなので、それでよいのだとおもった。もっとも私は、まぐろや鯛のおさしみは好かないけれど、河豚とかえびとかはまちとか、そういったものは好きである。鮎のせごしや鮒のつくり、鰻のなまみを酢ではじかしたのなど、好きな方の第一位で、これは酢のものの部類かもしれないが、いずれにしても生ものにはちがいない。河豚もえびもどうかすると生命にかかわるおそれがあり、それ故一そうぴりぴりとうまさがあたまへくるのだけれど、責任の重いお方はそんなものは避けられるのが当然の事なのである。

好きな献立というものは、ただその文字を眺めるだけでも、半分ぐらいは自分もお相伴したように愉しいので、ずっとずっと昔のこと、時事新報に高橋箒庵《たかはしそうあん》先生の茶席の紹介が出ていた時分、子供の私はわかりもしない懐石料理を読むだけで、たべたように満足したおぼえがある。そうして自分も乏しい知識の範囲で、三州味噌に粒茄子のお汁とか、胡瓜の雲丹づめとか、うまそうなものばかり書きならべ、それを見たこともない器に盛って、盛り方にまで苦心した。いまからおもうと、見たこともない器の色など全然わかる筈もないのに、字面からくる感じだけでそれぞれ想像をめぐらして盛りわけていたのだから、滑稽でもあれば可愛らしくもある。

せんだって、実に久しぶりで鶯渓《うぐいすだに》の志保原へ行ったところ、運ばれる御馳走のかずかずが、露をふくんだ若楓の小枝や、柚子の花や、那智黒《なちぐろ》の石などあしらって、ほうらくや竹の籠やさまざまな器に入れて出されたので、いかにもお料理らしいお料理をいただいたという気がした。紅いつぶつぶのすず子のはいったお雑炊が最後に出たが、札幌生れの私にはなつかしかった。

どういうまわりあわせかこの一ト月ほど、ずうっとつづけてよそのお料理ばかりいただいているが、名のある店の御馳走ばかりたべつけると、自家のまずいおかずなど最早や見るのもいやになってしまうかと思っていたら、そうではなくって、よその御馳走をたべたあとでは、塩昆布にキャベツや茄子の新漬ぐらいでかきこむ自家のお茶漬が、こんなにもおいしかったかと呆れるばかりおいしいのである。以前によく男の人が、美人を相手に遊び歩いておりながら、結局最後は自分の家にかえってくるのを、ふしぎなことにおもいながら眺めていたが、いまやっとその心境がわかったような心地がする。

このごろ、大阪の姪のところから花さんしょのつくだ煮をもらって、朝々うれしいおかずの一つにしているけれど、そういうものはやはり自分の家でなくてはたべられない。

姪は田舎に控え家を持っていて、その屋敷うちにさんしょの樹が多いのだそうである。花どきに管理人が摘んで持ってくるのを、自分のところで煮たものだから、料理屋の品とはおのずからちがった風味があって、ちょうど染めのいい浴衣を着ているような、手堅くって身近な感じがするのである。

浴衣はふだん着の中のふだん着で、人々はそれが着物であったことさえ忘れるほど身近なものだけれど、そのくせいつになっても飽きるということがない。うちでたべる手料理の味とおなじことで、なまじいに凝ったものや眼先きのかわった新品よりも、昔ながらの堅牢なあいぞめゆかたの、平凡な柄の方がかえっていつまでも飽きがこなくてよいのである。

今年もまたいつか浴衣の季節となり、町の呉服屋にもデパートにも、あふれるばかり浴衣の積んであるのが、ものなつかしく心にしみてくる。茄子やかぼちゃやみょうがや青しそや、八百屋の店さきが急に新鮮な野菜であふれてくるのを眺めるのとおなじ気もちで、何か地面からわきあがってくるような豊かさを感じるのである。

夏はゆかたがけの女の一ばん美しいときである。私は夏が好きである。

五月の町

苺ミルク、——突然苺ミルクをおもいだすことがある。するときまって神戸の元町通りが浮んでくるのである。

そこの喫茶店でたべた苺ミルクが特別においしかったというのでもなんでもないのだけれど爽やかな初夏の感覚に、六甲から諏訪山《すわやま》へかけて匂いたつ新緑のすがすがしさと、苺ミルクのほのぼのとした紅さとが、結びついて離れぬものとなり終ったのであろう。浅く明るく晴れわたった空の色、五月の町は神戸である。

谷崎先生のどの小説かに、甲東園の奥の松林の中から、神戸の宝石店まで、あつらえた指環の出来具合をみにゆく若い女の出てくるのがあった。「赤い屋根」というのではなかったかしらとおもう。震災後まもない頃の風俗なのに、その女主人公は既に黄いろい洋服を着ている。そうして、その洋服にふさわしい黄いろい宝石の指輪を註文しているのである。

初夏の一日に、しなやかなケーンをふりながら彼女は颯爽と東亜道路を歩いている。青い空、青い海、もえるような緑の諏訪山、その中を黄いろい洋服に黄いろい指輪をはめた若い女が、のびのびと胸をそらして歩いてゆくのである。諏訪山の頂きにはへんぽんと紅い旗がひるがえり、波止揚から長いふねの笛がきこえる。

私は神戸の女の人に知りあいが一人もないのだが、あるいは一人もないせいでかえってこの小説の女主人公を、いかにも神戸にふさわしいと思いこんでしまったのかもしれないが、しかしまた私は最近にもある作家の新しい小説をよみ、その中の美貌で怜悧《れいり》な若夫人が、夫婦のあいだの深いなやみをまぎらすため、父親に借りた新型の自動車を自から運転して町へ出てゆく。銀座尾張町《おわりちょう》の四辻をいくへんとなく横切ったというところで、私のあたまは否々と激しく否定し、これは神戸でなくっちゃと思った。

事実は銀座にちがいなくとも、しかしそれは銀座では駄目なのである。大阪でもない、横浜でもない、そのスマートな自動車は、どうしても御影《みかげ》か六甲あたりから出て行って、神戸のなだらかな坂道を波止場の方へ駆ってゆかなくてはおさまらない。神戸の町はそういう快適な速力と、同時に若夫人の胸に秘められた憂愁をもひそかにあわせ持っているのである。

賑やかな大通りからふと横へそれると、思いがけなくひっそりとした一郭で、おそらく明治維新に建ったらしい木造のはげちょろけた洋館が、ぴったりと窓をとざして黄昏の町にふさわしくならんでいたりする。誰しも窓をひらきたい夏の夕べに、まるで盲目のように閉ざしてあるその家には、住む人がないのかとおもうと、ペンキのはげたベランダに植木鉢の縁が明るく冴えて、白い洗濯ものがほしてあったりする。それは何か日本ばなれのした、だが侘びしい中にも一抹の甘さをたたえた横顔である。

五月の末の雨のふる一夜に、元町どおりを歩いていると、向うからきた背の高い外人が「今晩は」とすれちがいざまに日本語で挨拶して、にこにこと私の顔をのぞきこむ。蛇の目の傘をさし、何処かで土産にもらったらしい紅提灯に灯をいれてさげていたが、コンバンハといいながらその提灯を振ってみせるのである。いずれは今日のふねで着いたお客の中の、連れにはぐれた一人であろうとおもいながら、私もこだわりなく「今晩は」と微笑をかえしてゆきすぎて、さて、数間行ってふと振りかえると、偶然にもその外人も振りかえって、胸のあたりにくるくると風車のように提灯をふってみせた。刹那に何か郷愁に似たおもいのこみあげてきたことをいまだに忘れられないが、神戸の町では夜更けの電車に乗ったりすると、ちょっとアパッシュといった形の混血児の青年などが、ウィンクをおくってよこすことも珍しくはないのである。

あの時分は私もまだ若かった。あふれるようなおもいを紺の単衣の胸につつんで、新しいレースのハンケチをさがしに行ったり、三宮《さんのみや》のバアで、ダイスをふる外人たちの鮮やかな手つきに見惚れながら、ほの紅いラデッシュを嚙んだりした。私もまたちいさな憂愁夫人の一人であったかもしれないが、時々ふっとおもい出すと、私は自分の青春をすっかり神戸へ置いてきたような心地がする。

私ばかりではないのであろう。旅人は一人のこらず、神戸の町ではじめて自分のほんとうの青春を見出すにちがいない。そうしてまたそれを置き忘れてしまうにちがいない。苺ミルクと薄荷の香りと諏訪山の新緑と、——五月の神戸は誰の胸にもなつかしいおもいでの町であったかもしれないのである。

故園の果実

やわらかいうぶ毛のような毛をはやした、まるいまっさおなグスベリ、青いうちは見ても酸っぱいつばが口一杯にたまってくるが、それが紅くなり紫になってしまうと、もうあのからだじゅうにしみいるような酸味は失われているかわり、それはぐんにゃりと口の中につぶれて、気のぬけたような生ぬるい味が舌に残る。俵グスベリ、大きくて俵のような楕円形をしている。もちろんすじも目立つし、うぶ毛も長くてまばらで西洋人の指を見ているような無気味さがある。あれはそれほど酸っぱくはないが、種もふつうのグスベリよりは大きくて舌の上にさわる。あんまり好きではない。

カレンズ。紅くてちいさくてつぶつぶと宝石のようにつらなってそうしてゆらゆらとゆれている。あまい。なんとなく西洋くさい匂いがする。トマトなどのあまさと共通のあま味で、あれはどちらかといえば秋口になってからのものであった。

紅いトマト。銭函の海水浴場で、大学教授の若い夫人が、白いあけびのバスケットから出してくれた。柿だとだまされて、ちいさな姉は一ト口それをたべたら翌くる朝まで御飯がのどを通らなかった。

はまなす。その銭函の浜にみのっていたはまなす。トマトとおなじような紅のつぶらな実で、すこし渋味のある甘酸っぱい味が、海からあがったかわいた舌の上にすっと走る。ぐみに似ている。

ぐみ。紅いぐみが盆に盛られると、夏の祭が近づく。グスベリをたべるのもその時分。

グスベリは青くてふるえあがるほど酸っぱいのを賞味する。大人は塩をつけてたべるが、子供は素のままで青梅をかむように。グスベリのジャム。苺のようにたねがのこらず、黒ぶどうのようにつやつやと、黒くあまくできるのが奇妙である。母は鼻のあたまに汗の球を光らせてジャムを煮る。ジャム、林檎のジャムも青い熟さないうちにこしらえる。

──秋になるとこくわ。

こくわ。ああ、あのあまくてまるで酒のようなよい香りがして、おや指の先きほどのちいさな青い実を、口に入れるとすぐ舌の上でグシャリとなってつるりととけてのどへ流れこむ。たべた後までよい匂いがする。それでも余りたべると舌があれてのぼせてしまうから、何かはげしいものがふくまれているに違いない。こくわは蔦《つた》などのようにからみついてゆく植物のつるに生《な》る。大がい大きな樹の上の方にかかっていて、子供には手が届かない。藻岩山の裏にあり、熊がそれでお酒を拵えるそうである。

匂いの残るのはそれから西洋梨子。やっぱり舌の上でアイスクリームのようにとけて、高い香りばかりが残る。

西洋すかんぽ。かたばみのことかしら。あんまり品のよいところには生えていない。水気のある土手の片隅、はばかりのうしろなど。それでもその葉をちぎって、洗いもせずに口へいれるのだから子供はいやしいものである。クローバーの蜜を吸う。白よりも赤があまかった。もっとあまいのはおどり子草。

林檎、さくらんぼ、いずれも青いほそい柄《え》がついて、あやうげに樹にさがっている。桃や梅のようにぺたりといきなり枝にしがみついたりしていない。風のふく日はいま落ちるかいま落ちるかと、見ていて不安でたまらなかったが、それでもくさったもののほかは決して落ちないで、持ちこたえてゆくからふしぎである。私の幼ない日の疑問は、かぼそい林檎の柄を見ることからはじまった。

さとう

つい先達、「裸の町」の試写会の帰りに女ばかり九人ほどぞろぞろと連れだって、簡単なお夕食をすましたあとではいっていったのは銀座裏のお汁粉屋であった。二人だけがみつ豆であとは全部お汁粉を頼んだが、御飯のあとの甘いものは、女にとって欠かされぬものであるらしい。むずかしい理窟は知らないけれど、酒を飲まない女の人は甘いものをたべることで、何か身体に足りないものの補いをつけるのではないかと思われる。

子供の時分、私はいわゆる甘いものがきらいであった。みかんとか林檎とか、グスベリの酸っぱいのを顔をしかめて賞味したが、甘いものがたべたくなると、お菓子の代りに黒砂糖のかたまりを貰ってなめた記憶がある。砂糖をそのままなめるのはだいぶ野蛮であるけれど、しかし黒砂糖というものはなかなか素朴な味であったといまもなお忘れ難い。

私の家では夫の好みで、毎日の調味料に白砂糖以外は一切使わないのである。それもなるべく水分のない、さらさらと光ってこぼれるようなのを使うことにしているので、はじめのうちはすこし手頼りない心地がして、煮ものによっては赤いお砂糖もつかう方がよいのではないかと思ったけれど、馴れてみればやはりさらさらとしたお砂糖で煮る方が、後味がさっぱりする。

ずいぶん以前の話だけれど、女中さんが二三人居た時分、お砂糖の消費量があんまり多すぎて、ふしぎに思った事があった。どうしてこんなに早くなくなるのかしらと、一人の女中にきいてみたら、お菓子よりも何よりもお砂糖の好きな子がいて、毎日その子がなめてしまうのですという返事に、私は少々呆気にとられた。三度々々の御飯にお砂糖をかけるのだそうである。

白砂糖なんてただなめて何処にうま味があるかしら、黒砂糖の方なればわからぬ事もないけれどと、早速本人にたずねると、お砂糖は黒よりも赤よりも、白が一ばんくせがなくて飽きませんと、黒砂糖をなめた私をすこしばかり軽蔑するような顔をした。つやつやとよく肥って一ばんきりょうのよい子であったが、その子が何かを煮てくれると薄味にさっぱりして、いつも一ばんおいしかった。料理の上手と、お砂糖と、血色のよい皮膚と、何かつながりがありそうに思われるけれどよくわからない。

お汁粉をたべる話がいつかお砂糖にかわってしまったが、此頃喫茶店などでたべさせる、苺ミルクの上にかかったうどん粉のようなつやのない粉砂糖は、見るたびに味気ない心地がする。甘いことは甘いらしいが、どこか重苦しい舌ざわりで、口をもぐもぐするような感じである。私は苺にミルクもクリームも添えないで、ただお砂糖だけつけてたべるのが好きだけれど、食堂や喫茶店でそういう註文をした時に、あのうどん粉のお砂糖をかけて出されると実にがっかりするのである。そういう時にはやはりさらさらと、銀砂のように光ったお砂糖が、眼に快よく、苺の紅も冴え冴えと新鮮な感じがする。

「吾輩は猫である」の中に苦沙弥《くしゃみ》先生の娘のとん子とすん子が、朝の食卓でお砂糖の奪《と》りあいをする条《くだり》がある。食卓のまん中の砂糖壺から匙に一ぱいお砂糖をしゃくいあげて自分のお皿へとると、相手も負けじとばかり一匙しゃくいとる。両方で無言でにらみあったままおなじ事をくり返して到頭砂糖壺をからっぽにしたところへ、奥さんが出てきてそっくり中へ返してしまうというのを「ホトトギス」で読んで、とん子やすん子とおなじくらいにまだ幼なかった私は、一そう面白かったおぼえがあるが、いま思うとその砂糖も、やはりさらさらと光る方でなくては実感が出てこない。そういう私はいつまでも黒砂糖の味が恋しくて、一ばん近代的な粉砂糖の、クリームに近いねっとりとした味には馴染みにくい野蛮人にちがいなかった。

素顔

くだものの好きな私は、殊にみかんが大好物で、いつも季節のあいだ中絶やさぬことにしているのだけれど、箱のまま台所に積んでおくのは汚ないし不便であるし、といっておつかいものの果物籠へ入れておくのはきらいだし、何かうまい工夫はないかしらと思案をめぐらすうち、去年の秋に関西から栗と松茸を入れて贈られた竹籠がまだどこかにあったのをおもい出した。

籠というより深い大きなざるのようで、あらく編んだ竹の色がまだ青々と残っている。四角で底にふっくら丸味のついたその籠へみかんをうつすと、青い皮つきと黄いろい身のところと網代《あじろ》に組みあわせた籠の中で、オレンジいろのくだものがいかにも南国のものらしく、あたたかく光って見える。私は籠をストオヴの前へ持って来させ、何かゆたかな心もちで籠の中のみかんをかきまわした。あらみかんがあったかくなっちまうじゃないのと、とがめるように子供が云う。

かまわないのよ、あったためるとあまくなるのよ、此頃はよく電灯で野菜をそだてるのよと答えたが、これはよい加減の耳学問で、どうもすこし話がちがうらしい。みかんは温めるとくさるのだし、電灯で発育をうながすのは野菜ではなかったかもしれない。私はいそいで話題を転じた。そら、さつまいもなんかよく陽にあててあるでしょう、ああすると甘くなるのよ。

陽にあてるのはヴィタミン何とかを吸収させるためで、あったためるのではないかもしれないけれど、子供は母の言葉を信じて、ああそうなのとすぐ合点した。そういえばねえ、このへんのカフェの植木鉢によくおさつがほしてあるけど、あれはみんな女給さんがあまくして蒸してたべるんでしょうね。植木鉢ですって？　と私はふしぎな顔で問い返した。植木鉢にさつまいもがほしてある、そんな風最はちょっと思いつけないのである。

ええそうなのと子供は落着いて、ほらカフェの入口によく杉みたいな樹やなんかの大きな植木鉢がおいてあるでしょう、あの植木の根もとのところへ一ぱいにさつまいもがならべてほしてあるのよ。

冬のあいだ一切そとへ出ない私には、ほう！　とその話が珍しかった。カフェの入口の植木鉢にさつまいもがならべてある。そうしてそのさつまいもをあたたかく朝陽がてらしている。――何か自分の胸のうちまであたたかくなるような感じである。

甲斐々々しく白いエプロンをかけて、ざるの中からとり出したさつまいもを、せっせと植木鉢のひなたへならべている少女の姿が、自然に私のまぶたに浮んできた。さっぱりと白粉を洗い落した顔は田舎の野にいる少女とおなじように小麦色につやつやしている。陽のぬくもりにからだ中の血管があたためられて、頰がいきいきと紅いのである。――女給さんはいま何も考えていない。ただそのさつまいもが、早くうまくなってくれることよりほかには。

私はそういう女給さんを実際にみた訳ではないけれど、まるでほんとうに目撃したかのようにはっきりと浮んでくるのは、自分がそういう素顔になみなみならず心を惹かれるせいであろう。まったく私は媚を売る女の白粉を落した素顔に、いつも思いがけない美しさを見出して驚くことが多いのである。

普通の女の人たちでも、此頃はますますお化粧がうまくなり、どんな町を歩いても美人を見かけぬということはないようになってしまった。と同時に、お化粧が冴えれば冴える程、素顔の美しさはそれ以上かがやくような心地がするのは、私一人の錯覚かもしれないけれど、私の好きな素顔というのは脂粉をしらぬ生れたままのそれではなくて、紅白粉を一たん洗い落した肌なのであった。

美味東西

とれとれのいわッしやアという威勢のいい声を家の中でききつけて、それっとばかり門口へ駆け出してみてももうまにあわない。声の主は既に一町もさきを自転車で走っているので、それを捕まえるためにはこちらもやはり自転車にでも乗らなくては追いつけないが、しかしそれまでの苦労はせずとも十分か二十分待てば必ず第二、第三の振売が、おなじようにとれとれのいわッしやアと売ってくるので、こちらもそのあいだに鍋を用意し、女中を門口に起たせて待っている。どうかすると先きぶれのいわッしやアが通ったきりあとは一向来ないこともあって、お鍋をぶらさげた女中が待ちくたびれて家の中へはいった途端に、いわッしやアと通り魔のように過ぎてしまい、到頭買いはぐれてつまらぬ思いをすることもあるけれども、まあ大抵はそうやって待っていればまちがいはないのである。十銭も買えばお鍋に一杯あって、銀鱗のぴちぴち光る小ざかなが、どっしりと持ち重りする鍋の中に新鮮な青色をかさねている。

手早くわたをぬき、お酒とお醬油と等分に煮たてて生姜を刻みこんだ中へ入れて煮あげるのだけれど、お酒は一升わずか一円の、価格はやすくとも結構晩酌の用にも足りるほどの灘もので、この鰯の生姜煮のうまさはたべたことのない人にはいくら説明してもわかってはもらえない。うちでは阪神西宮に住んでいたころ、子供まで大好物で昼も晩もたべつづけて飽きなかったところ、一ト月ばかり経って何となく眼がかゆく、誰の眼にも紅いすじがはいるようになった。ちょうど初夏の候の、ぼつぼつ蚊やりをたき初めて、その煙のせいかしらと親戚へ行って何ごころなく話をしたら、もってのほかと叱られた。昔から鰯をたべれば赤眼になるといい伝えがあるほどで、小ざかなながらせいがつよくすぐ眼へくるものなのだそうである。そういうこととは知らなかった。

　赤眼になるのに驚いてふっつりそれをやめたけれども、一ト月たべてもまだ飽きるところまでいっていなかったせいであろうか、東京へ来てから後は一層思い出すことが多く、もう一度大阪へ行ってあの生姜煮がたべたいわと子供が述懐したりする。大阪へ行ったところでその生姜煮がザラにある訳ではなく、ちょうど晩春から初夏へかけて、阪神間の何処かに家を持ち、毎日家の前に起って自転車の鰯売りを待っていなければならないのだから、そう考えれば当分はとても実現しそうもない儚ない望みになってしまう。あんなおいしいたべものはどこにもない、それに第一やすくってと東京の友だちにも披露して、いずれそのうち御案内しますと約束したけれど、その為わざわざ阪神へ行って家を持つとすれば、やすいのが値うちの生姜煮がとんでもない高いものについてしまうとこの頃やっと気がついた。高くてうまいたべものならどこにいても手に入るけれど、やすくておいしいものはやはりその土地に住んでいるあいだだけのことである。神戸元町のちょっと横へはいった、――あすこはもう南京町というのかしら、狭い露地の中に汚ならしい支那饅頭屋があって、そこの肉饅頭の味は天下一品と思ったが、それも一つには、十銭に五つという値段のやすさが影響しているにちがいない。この肉饅頭は谷崎先生のおたくでも愛用されたという話を、近頃うかがって愉快である。

そういう風にやすくてうまいものが、東京にだってあるに相違ないが、どういうものか私はうまいものといえばすぐ大阪を思い出す。大阪ずしなんてあれは一たい何サ、まるでお菓子みたいであんなものに手が出せやしないといった友達があったが、この友達は生粋の東京人で、震災の際一時大阪まで逃げるには逃げたけれども、ある朝突然納豆がたべたくなり、それから赤貝の握りずしがたべたくなって矢もたてもなく東京恋しく、すぐ帰ってきてしまったのだそうである。私が大阪へ初めて行ったのもやはり震災の直後であったが、もともと東京人でないせいか、納豆にも赤貝のにぎりにも執着がなく、かえって小鯛の雀ずしに舌つづみを打つことを覚えてそのままずるずると大阪にいついてしまった。舌ほどおそろしいものはなく、最初のうちは何となく坐り心地のわるかった大阪の町も、おいしいものに釣られていつのまにやら生れ故郷のようにぴったりと、風俗人情ことごとく好きになって、あなたはもうすっかり関西人ねと東京の友だちから仲間はずれにされるようになってしまった。それで大阪の何処がそんなに好きなのですと問われてもちょっと返事のしようがないが、赤貝をたべたくなった友だちとおなじように、私はまた矢もたてもたまらなく雀ずしをたべたくなる時があって、手数をかけて送ってもらった一箱の一きれも残さずたべた後は、上をおおった酸っぱいお昆布をむしゃむしゃと口一杯に頬ばり、かめばかむほどとろりとした甘さの出てくるそのお昆布の味に、何となく大阪をかみしめているようななつかしみを感ずるのである。

秋果と女

一日音楽を聴かないと心が渇いて耐えられないという人がある。私はよくよくの音痴なのであろう、ラジオも蓄音器もほしいと思った事がなく、従ってベエトオヴェンも流行小唄も自分からきこうと考えた事は一度もないのだけれども、近じょのちかい町なかに住んでいると、いくら耳をふさいでいても毎日何かしらきこえてくるのである。殊に最近おとなりで蓄音器を買ってからは、子供さん達が面白そうに朝から晩までかけづめにかけるので、せっかくの昼寝の夢を破られて、寝不足の重いあたまで夜の机に向わねばならぬうらみもあるが、時にはまたいい心持ちに東京音頭などをききながら一層深く眠ってしまう事もあって、そういう時には流行小唄もわるいものではないと思う。去年の夏頃はお向うの家で親のかたきでもとるように小原ぶしをかけていた。去年は夏から秋へかけて病気をしてずっと寝ついたままであったので、退屈な床の中でおかげでお師匠さんにでもついたように節だけはおぼえてしまったけれども、文句はいまだに何もわからない。しかし文句はわからなくても喜代三《きよぞう》という人のうたいぶりは何となくきりきりしていて鹿児島らしくて好きであった。そうして喜代三さんにはお眼にかかった事も噂をきいた事もないが、多分激しい情熱の持ち主であられるのではないであろうかと、失礼な想像までしてひとり楽しんだのである。

一たい唄というものは文句がわかるに越した事はないが、わからなければわからないなりに、その調子だけでも十分に楽しめるものらしい。そういえばある場合言葉もおなじ事で、私などはわからない外国語のトーキーを見にいってわからない事がすこしも苦労ではなく、どうかすると役者の言葉が完全に日本語にきこえたりするのである。この春「外人部隊」という映画を見た時の事だけれど、あのモロッコの兵隊相手の酒場で、たしかフランソワズ・ロゼイという女優と思うが、中年のふしぎな美しさを持った酒場のおかみさんが、毛のぬけたいのししのようなむさ苦しい御亭主とさしむかいで御飯をたべるところがあった。御亭主が、そっと席をはずして二階の兵隊に会いに行った女中のうしろ姿を横眼でにらみながら、これでも女中かとぶつぶつ云うのを、おかみさんはすましして「そんなにしゃべらないで豆でもおあがり」とそらしてしまう。俺は主人だと御亭主がいきり出すと、おかみさんは一層落ちついて「じゃアおしゃべり、……」というのであるが、その、じゃアおしゃべりという言葉が日本の文字で銀幕の上に書かれた刹那、私にはおかみさんの口から出た流麗なふらんす語が、いかにも物憂げな調子ではっきりと、「じゃアおしゃべり」と日本語にきこえたのである。

やはり幼稚な耳のせいであろう。そういう時は映画を見終ってそとへ出ると、今度は町を歩いている人の話し声がすべて知らない言葉にきこえ、そのため見馴れた町の姿までが一変したようにひどく清新な感じがするのであった。どうしてそういうへんな事になるのか自分ながらふしぎだけれども、考えてみると日本語だから、お互いにいつもはっきりわかるとばかりきまってはいないようで、内容についての予想がない場合は外国語とおなじ事なのではないかと思われもするのである。私はまだ娘の頃のある年、父の郷里の秋田の僻村に一ト月あまり暮した事があったが、そこできいた女の人々の言葉は到頭最後までわからずじまいであった。しかし言葉はわからなくともその調子の美しさだけは、いまでもありありと思い出せるのである。私が一ト月の余も泊っていたのは、座敷に上段の間のあるような旧い家で、自分の居間にあてがわれた新座敷の一ト間に坐って、昼ながら物音一つきこえぬしんとした寂寥《せきりょう》に耐えかねていると、遠くから縁側をふむ足音がして女中が食事のしらせにくるのであった。

「松前のあねさんす、ままたべにきてたんせてやあ、……」

藤琴川《ふじことがわ》の鮎もさびる季節で、日増しに澄みわたるような空気の中に若い女中の声はりんりんと鈴をふるようにひびくのであった。清澄なソプラノで、自分の好きな唄でもうたうように、顔と顔とをつき合せていながら、遠くの人へ呼びかけているような調子が、毎日の事ながら物珍しく感じられるのである。する事もない所在なさに退屈して叔母《おば》の家へ遊びにゆくと、早くからやもめ暮しの叔母はすぐ涙ぐむ程そわそわして、「さアさア、ぼたコとがっコでままくわえ」と昼げの膳を出すのであったが、その調子がやっぱりうたうようにきこえるのである。叔母はあけびの実をわったような白い滑らかな肌をしていて、胸もとをくつろげながらいつも自在鈎にかかった大鍋の中をかきまわしていた。いちじくや山ぶどうなどの、砂糖煮をこしらえるのであった。鉄道から三里もはいったような山奥では、そういうものも大切な冬の貯えの一つなのである。家のつくりは裏から表へ通りぬけになっていて、台所へ来た人が会釈しながら表へ通りぬけてゆくのを見ると、叔母は炉端から愛想よく「はア、もう帰るてかえ。一服していってたもれてや、……」と声をかける。わかわかしく、ふくみのある声であった。

盛岡《もりおか》の方は知らないけれど、津軽《つがる》から秋田越後の方へかけて、一たいに女の肌は梨子か林檎をむいたような青味を帯びた白さと潤おいを持ち、そうして声もまたそれにふさわしく蒼白くすきとおるようなところがあって、したたるような甘さと、一抹の憂愁をたたえているように感じられる。おとなりの家で蓄音器をならした一ばんはじめ、ラッパがなって鐘がなってそれから男声がうたい次ぎに女声のうたうレコードをかけた。その女の方の声がどうかしたはずみではっきりと、あなたへおくるこのしたぎと文句まできこえ、私ははっとして思わず勝太郎《かつたろう》よと家の人達に云った。勝太郎なんてきいた事もないくせにとたちまち笑殺されてしまったけれども、あとでわかるとそれはやっぱり生命線ぶしという勝太郎さんのものであったので、それごらんなさいと私は得意になったが、きいた事もない人の声をすぐいいあてたのは、私のあたまに北国地方の女の声のあまさがたたみこまれてあったせいに外ならぬ。あのすこし鼻へかかったような愁いのある一種独特のあまさは、津軽から秋田新潟の女の郷土色なのであろう。あまいと云えば大阪地方の女の声もあまいけれども、その甘さの内容はまるでちがっていて、くだものにたとえるならばちょうど御所柿のような、甘さの底にふと舌をすぼめる渋さの交った声であって、それは又そのままに大阪の女の性格であるとも思われる。大阪の女の声は艶があってこの上なく色っぽいけれども、ふしぎに人をほろりとさせるような愁いはふくんでいないようである。

私は信州の女の人にあうとまるめろを思い出し、ざぼんという果実を見ると、九州の女の事を考える。いつぞや伊東屋の地下室でお茶を飲んで出ようとすると、ちょうど階段のしたのところにつやつやとよくうれたはだん杏《きょう》が、十ばかり白い箱に入れられて紫がかった紅いろの肌をつつましやかに灯火に晒していた。まあ珍しいと私は思わず起ちどまって、こんな見事な巴旦杏はどこで出来るのかしらと考えるよりもさきに、「へえ、りくつなものもございみせん」と云ってよく私を笑わした幼な友だちの一人の面影がなつかしく浮みあがった。金沢の生れで、金沢ではハイカラなものの事を理窟なものというのだと教えてくれた。

はだん杏というくだものはほんとうにりくつなものではない。それはいかにも金沢という古風な城下町のくずれかけた築地のかげにゆさゆさとした青葉につつまれながら、ひっそりと実っているのにふさわしいなりものである。おくにはおいしい巴旦杏があるといつかその友だちが私の家の裏庭でかりかりとすっぱいはだん杏を嚙みながら云ったが、幼ない私はふっくらと柔らかくて甘いはだん杏の事を考えるとつばが走るようであった。はだん杏は何処か陰気なくだもので、つるりとした紅い上皮をむくと思いがけなくあお味のある柔らかな果肉がぷりぷりと歯にあたる。酸味と甘味の程よく調うた果汁を飲みこんだあとには、桃のような激しい香気も残らず、さっぱりとしたあと味で、何かさびしい匂いがするのはやはり北国のくだものらしい。金沢の女の人はおだやかな町の中でおっとりと育ち、はだん杏やぐみなどをたべて白い障子のかげに針仕事をするのであろう。そうして垣根のそとに男がきて手招きすると、ぬいさしの紅絹のきれをそのままにしておとなしく起ってついていってしまう、……私のふるい友だちに一ト夏金沢へ遊びに行って、厄介になっていた家の奥さんとすぐかけ落ちしてしまった人があった。画をかく人であったが相手の婦人の事を「まるで子供のように単純で素直なんだ」と云っていた言葉が、ほんとうにそうなのだろうとうなずける心地がする。はだん杏というくだものにはひがんだ味もひねくった味もない。子供のように率直でひゅうっとしている。

自分の生れた札幌の町が諸国の人のより集りであったせいか、私は幼ない時からしらずしらずさまざまな人柄に眼をつけるくせがついた。おとなりもお向うもみんな渡り鳥で、青森や広島や琉球の人まで集ってまるでエスペラントでも習うように標準語でやっと統一されているのだけれど、一ト足うちへはいるとみんな生れた国の言葉であった。日本人ばかりではなく、ロシア人やアメリカ人やイギリス人や、フランス、デンマークの人まで来ていて自然にいろいろな言葉が家から町中へ氾濫していた。十四五の頃、私に読本など習いにくる近所の子が甘えて、こんだ一しょにおしばやを見にいきましょうねと云ったのに、私はわざわざ手紙を書いて、おしばやなどと下品な言葉を使ってはいけません、ちゃんとおしばいというものですとたしなめたが、あとから思うとその子の家は東京の下町から越して来たので、その子は私の尊敬する東京言葉を使っていたのである。ほんとうに井中の蛙で、私は標準語以外は東京言葉ではないと思いこんでいたのであった。

毎日おとなりのレコードをきいて、男の人と女の人の小唄をきいているうちに自然にあたまに浮んできたのは、あらゆる男は男であってそれを黒という一色で代表させてもさしつかえないようだけれども、あらゆる女は女であっても、それを赤という一色で代表させるのはちょっと待ってもらいたいような気のされる事である。男は郷土色のすくない人間ほど男らしくて、頼もしい心地がされるけれど、女は郷土色の強いほど女としての価値が高いように思われるからである。

伊勢の春

短冊形の大根にささがし牛蒡、竹輪せり鶏肉、それに焼いた切餅を入れ青のりをふりかけて七種《いろ》になる。これが私の生れた札幌のお雑煮。白味噌仕立で大根人じん頭の芋、お餅は丸いので花がつおをそえてたべる。これは関西の夫の家のお雑煮。

家を持って初めての新年にはどちらのお雑煮をするかきまらないで困った。普通なれば一も二もなく夫の家の風に従うのだろうけど、年よりのいない気楽さにはそんな必要もなく、それに第一東京では丸餅をこしらえて貰うのもちょっと厄介で、切餅となると自然に私の主張のほうが通った。大晦日の年取りの御馳走なども夫の方は何もないのに、こちらは山海の珍味を並べて家内一同おなじ祝い膳につく風習があったから、夫の方でその勢におされた形でもあった。お年取りに御馳走がないんですってまあけちくさいと、私は自分の生家のしきたりをひけらかして、鯨のお汁はぜひなくてはならないんですから探してきて下さいと、その頃はまだあまりに見掛けなかった皮鯨を下町まで買いに行ってもらったりした。その鯨のみそ汁に茶碗むし、さしみ焼物は言わずもがな、口取りは大皿にこてこてと盛りあげて見ただけで満腹するくらい、それから手拭を一筋とみかんを二十ばかり、御祝儀袋をそえてお膳の傍におくのよと云ったら、ふんそれはわかったが俺の祝儀袋には誰が金子を入れてくれるのかねと問い返され、あなたのだけはないのですと云うと、それではおまえさんのおっしゃる自由平等にならないじゃないか、俺だって金子はほしいからね。

ぎゃんとまいって口がきけなかった。つねづね私のうちは自由平等主義で、女中も一しょにおなじ食卓に向うのですと自慢していたのを見事にやられたのである。云われてみれば父だけは食事の時間がちがうので、いつも一人でお膳をひかえていたのだから、女中さんが家族と一しょに向上したのだか、女子供が雇人と一しょに下落していたのかよくわからない。

御馳走々々と眼の色をかえてさわぐのは、ふだんおいしいものをたべていない恥をさらけ出すようなものだと気のつく頃には子供もだいぶ大きくなって、男の子は白味噌のお雑煮がよいと云い、女の子は鶏肉や竹輪のはいった賑やかな方がよいと云い、子供の好みに従って或る年はお元日を白味噌に二日をお清汁《すまし》に、次ぎの年はそれを逆にという凮にくり返してきたが、年取りのお膳に御祝儀袋をそえるのは父の存命中東京でお正月を迎えた時に一度、夫からみんなへ配って父を喜ばせた事があるきりなので、子供達は御祝儀袋の中からお正月のお小使いを出してみて、多かったりすくなかったり、買い初めの胸算用に忙しい大晦日の夜の味は知らないでいる。

昭和八年の元旦、二見ケ浦の宿屋で新年を迎えた。家を持って以来初めての経験で、年こし蕎麦のついた晩御飯をたべてしまうとあとは何にもする事がなく、手持無沙汰で困った。風が吹いて寒そうなので戸外へ出てみる勇気もなく、もう一度おふろにはいって早くから寝てしまったけれども、あんまり早く寝たのでかえって眠られない。枕に近く波の音が通うようでもあり、それはただこちらの気のせいのようにも思われる。二見ケ浦というからには海岸にちがいないけれども、宿へつくまでどこにも海は見なかったので、何となくあやふやな気もちで思案しているうちにそれでもうとうとしたらしく、波の音がだんだん近づいて来、高まってきてすぐ部屋のそとまでおしよせてきたと思ったらはっと眼がさめた。どうしたのか大変そとが騒がしい。

じゃりじゃりがらがらと小石をふみくだくような下駄の音に交って絶えまなく人の話し声がつづき、何だか知らないけれども大勢の人が大変いそいで何処かへ行くところらしいので、何事が起きたのかとあわてて廊下へ出てみると、宿の中はしんとして何の気配もなく、騒ぎはただ戸外だけの事なのである。明方の寒さにふるえながら宿のどてらをかさねて今度は硝子障子のはまった縁側の方へ出て見ると、縁側のすぐさきは砂地の広場でまばらに松の影が見え、松の樹の向うは低い柵にくぎられてもう往来になっているらしく、ひしめきあいながら通る人々の姿がそのへんのあかりに幻灯のように浮いて見えた。みんなおなじ方角をさしていそぐのである。

自分には関係のない事らしいけれども、やっぱり気になって眠られない。それに又枕の上に頭をのせていると、次第々々に早くなる戸外の足音が地響きをして伝わってくるようで、じっとして居られない。起きてみたり寝てみたり、炭斗《すみとり》の炭をありったけつぎたして顔をあぶりながら途方にくれていると、さすがに子供まで眼をさまして、火事なの？　とはね起きた。いいえそうじゃないけど何だかもうさっきから無暗に人が通って、そしてそれがだんだん駆け足になるようなのよ、ねえ、どうしたんでしょう、ベルをならしてきいてみましょうかと云うと、ぼんやりと寝ぼけ顔で煙草を吸っていた夫が突然ふきだした。

初日の出を拝みにゆく人達だったのである。あ、成程と子供の時から見なれた二見ケ浦の絵はがきを思い出し、あのしめを張りわたした岩と岩とのあいだから初日がのぼるのね、ふーんそれを拝みにゆく人達なのねと感心したけれど、事情がわかってみるとあんまり気をつかったせいかがっかりして、俺達も見に行こうと誘われてももう一ト足も部屋から動くのはいやである。僕は行ってくると男の子の駆け出したあと縁側の椅子に腰かけて、おいおい白んでくる朝の光の中に往来の人々の顔のはっきりとしてくるのを眺めていると、その往来のすぐ向うに霧がはれてゆくように海が見え出した。あおいちりめん紙をのべたような海が見えてきた。

岩と岩とのあいだから、海から朝日がのぼるのは三月のお彼岸頃だけで、初日は山の方からさし出るのだそうである。女中さんにそういう話をききながら新年のお膳について、おとそとお重詰を祝ったあと大きなお椀のふたを取ると、黒いお椀の底にまっしろなお餅が二つ丸くかさなって、二寸ばかりの若菜が白い根をひきながらふわりと末広りに鮮やかな緑を浮かせている。おつゆは水のように澄んでいて、あまりの清らかさにお箸をつけるのがためらわれた。

水のように色のないおつゆに得も云われぬ味があって、こんなおいしいお雑煮は生れて初めてたべると思った。子供たちまでそれから後は白味噌も鶏雑煮もよろこばなくなり、来年はきっと伊勢まであのお雑煮をたべに行きましょうねと、お正月のお膳に坐る度くり返しているけれども、それからまだ一度も行かれない。風はあったが空はよく晴れていて、二見から山田まで走らせる自動車の中はぽかぽかと陽が暖かかった。雲雀《ひばり》がないていそうであった。お正月は伊勢参宮にかぎりますと私は人の顔さえみればすすめたい気がしている。

木の芽

ある雑誌社から好きな食べものについてという回答をもとめられ、好きな食べものはあんまり沢山ありすぎて、何が一ばん好きなのか自分ながらわからないので、その時食べたいナと思ったものを順序なく書いてみた。独活と浜防風を生《なま》のままからし酢みそであえたもの。からすみ。すっぽんの雑炊。白たんぽぽのおひたし。

活字になってからそれを読み返してみたら、みんな春先にふさわしいたべものなのでちょっと妙な気がした。それを書いたのはまだ十二月の事だったからである。どうやら私はいつも季節にさきがけたものに食欲を感ずるらしい。一つにはいま現在ないものばかり欲しがるあまのじゃくの性質なのであろう。私は常に自分ほど気が長いものはないと思っているのだけれど、もうせんにいた女中の一人は奥さまほどせっかちなお方は見た事がございませんと云った。なぜかしらと聞いてみたら、それでも奥さまはお裁縫《しごと》をなさると夜明しでも縫いあげておしまいになるのですもの、私が前に御奉公して居りました家の奥さまは、やりかけたお裁縫を五日も十日もほったらかして平気でいらっしゃいましたという返事であった。あまのじゃくはたべものの事ばかりではない。私は眠くない時は二日でも三日でも平気で起きているので、堅いお屋敷から来た女中にはそれがふしぎでならなかったのであろう。やりかけた裁縫が仕あがるまで、——つまり勝気で起きていると解決してやっと得心したらしいのである。

眠くない時いつまでも起きているかわり、その代り眠くなったら今度はまた三日でも四日でも眠りとおす。最高の記録は一週間で、そのあいだたった一度水を飲んだきりであった。それも無理におこされて飲まされたので、その頃私はお医者から見離された病床にあってそんなに眠ったものだから、いよいよ昏睡状態に陥ったとお医者さままであきらめてしまった。一週間目に眼が覚めると世界が新しくなったようにせいせいして、いきなり田原屋の豚カツが食べたくなった。いまから八年前の三月の話である。

その日からきっかり一ト月のあいだ毎日お昼に田原屋の豚カツを食べ、晩に鶏のたたきと蕗のうま煮とを食べた。そうして病気が治った。自分ながら少々うす気味のわるいような身体である。これが白魚の玉子とじとか、うぐいす菜のおひたし、せめて桜鯛のあらだきとあれば春らしくもあり女らしくもあって、やさしい情趣も浮ぶかも知れないけれど、病床にいて一ケ月豚カツを食べつづけましたではグロテスクの見本そのまま浅ましさの限りである。

十数年来殆ど台所へ出た事がないので主婦の威厳を保つため一年に一度、お正月のごちそうだけは全部自分の手でこしらえる事にしているのだけれど、関西に暮しているあいだはそれさえも近所の料理屋にまかせきりで、その方がおいしかった。

春の山行きのおべん当などでも、ふきの水煮に高野豆腐としいたけゆばの甘煮、さわらのてりやき、いかと筍の木の芽あえが必ず入れてあって、さらしたように白く煮あげた烏賊と、こがね色の筍に青々と木の芽がまぶしてあるのは桃の花の下にひらいて清々とうつくしい。黒ぬりのお重にそういうものをつめてもらってもう一つのお重には家でこしらえた幕の内とたくあん紅しょうが奈良漬などを持ってゆくのが、いかにも春の行楽にふさわしくてよかった。東京ではぶらぶらとのんきらしくそんな大げさなお重をさげてゆく気もしないし又中にいれるおいしい木の芽あえもない。関西のようにちょっと裏の仕出し屋でという風に手軽にいかないから万事おっくうになってしまうのである。

木の芽といえばむかしは東京の町なかで、思いがけない横丁に木の芽田楽と染めぬいた赤い旗の出ている事があった。むきみ屋八百屋歯入れ屋などのならんだ見すぼらしい小路の中で、柔かな風に吹かれている赤い旗をふと見出すと、ああ春になったと今更のように感じたものである。お豆腐屋で木の芽田楽をこしらえ始めたしらせなのであったが、やすくておいしくて晩酌の相手によかったし女子供のおかずにもなった。

あんな大衆的でしゃれたたべものはないと思うのに、もう幾年かそういう旗を見た事がない。第一豆腐屋さんというものがみんな何処へ越していったのか、大へんすくなくなったようである。あらゆるものが何々市場の中へかたまってしまって、便利ではあるけれど趣きはすくなくなった。夏の氷屋の硝子のすだれと同じように、ああいうのんびりした赤い旗は、春の景物の一つとしていつまでも残しておきたい心地がする。世の中が便利になるのは何よりだけれど、それにつれて新鮮な味覚はだんだん失われてゆくようで心細い。

子供のとき自分が神さまになって四季を支配し、いつでも自分の好きなくだものをたべてみたいと願った事があったが、いまぼちぼちとその復讐をされているのかもしれない。むかしは寒中のくだもの屋にたった一箱、ほんの六粒か七粒宝石のようにならんだ苺を眺めて、春の息吹きを吸うような胸のときめきを感じたものだけれど、この頃では苺なぞ暮のちまたの慌しさの中に、つやのないうどん粉のような粉さとうをひきかぶってならんでいる。デパートの食堂の入口の見本棚の中にそういう苺を見ると、誰にともなく腹立しい気がしてくるのである。

二十年まえの三月、尾張町のかどのライオンでひき茶と苺と盛りわけにしたアイスクリームを食べて、これこそ春のアイスクリームだと感激した事があったが、いまはもうアイスクリームも魅力を失ってしまった。今年の春は白たんぽぽの種子を植えて、それがおひたしにできる程ふえるまで、くる年もくる年もじっと気長に待とうと思っている。

よまき

親類にお金持があってよく何かとものをもらいます。著物《きもの》だの帯だの、——だがお金子はくれません。お金子をよこすとみんなが私がたべてしまうと思っているらしい。甚だ面目ない話ですが実際そう警戒されても仕方ない程私はくいしん坊に生れついているようで、時々どうしてこんなにたべたいのかしらと自分ながら持てあます。むかし上山草人氏がおぜんの上に甘いろほどの小ぶたものをそろえて、一とはしずつたべるという話をきいて実にうらやましいと思った事がありますが、私のたべたいのもその流儀で、うまいものがただ一品さえあればという食通とはちがうのです。いつか見た維納《ウィーン》の映画「会議は踊る」で、コンラット・ファイトのメッテルニヒが朝起きてきて寝まき姿のままパンをたべるところで、ジャムかマーマレードかまあそんな風のものでしょうけど、何だかとろりとしたつやのあるたべものがいく種《いろ》も、きらきら輝く銀のいれものにはいってならんでいるのです。それをあっちから一としゃくい、こっちから一としゃくいパンになすくってたべるのを見ていましたら、あんまりおいしそうで、おしまいには自分の身が傪く情けなくなってくるようでした。

いろいろさまざまな味のものが一とはしずつたべたい。お椀、酢のもの、うま煮、おさしみに焼ざかなと、つまりいつでも会席膳でなくては満足しないのです。議会が解散したり選挙があったりするとよく元老がたのたべものが新聞に出る事がありますが、どのお方も大てい五いろか六いろ揃っていて、お昼も晩もそんなのをたべていられるといいナと思います。

父親がやはりくいしん坊であったと見え、それを主義と一致させていました。つまり衣は寒暑をしのげば足り、住は雨露を防げば足るというのです。ひとり食のみは人間活動の源泉であるから努めて滋養分を摂らねばならぬ。この頃ならカロリーとかビタミンとかいうのですが、その時分は一口に滋養分といいました。だが父は滋養分に名をかりて美食をしたのかもしれないと思うのは、糖尿病で死んだからです。

小さい時からしじゅう料理屋へつれていってもらいました。御馳走は会席膳でなくてはと思いこんだのもその影響でしょう。忙しい人でしょっ中宴会があって、お正月なぞは一晩も家にいないで、その代りきっと折詰を提げてきます。ふわりとだしと青味がはいってうまそうに焼けた玉子、キシキシと歯ごたえのあるまっしろなかまぼこ、焦茶いろのとりの何とか揚げ、ぶどうやあんずの砂糖煮、そんなものが翌日のおべん当箱にお雛菓子のようにポッチリずつ詰まっている、おべん当をひらくのが実にたのしみでした。それでいまでもおべん当がとても好きです。

小説を読んでもそんなですから、すぐたべたものの事ばかり眼について、子供の時「紅葉全集」の中に題は忘れましたがお銀とお鉄という二人の姉妹の話を書いたのがありました。姉のお銀はきりょうよしで、望まれて官員さんのところへかたづいてゆきます。その嫁入り先きへ遊びに行った母親が、身分ちがいだとか何とかいう面白くない話をきかされて帰ってくる。お鉄という妹娘がちゃんと御飯の支度をしているのです。肴屋さんがみそ煮にしなさいっておいてったからと云って、鯖のみそ煮とお葉の漬もの。

お鉄が香水の匂いのする紙幣を見つけて、姉さんから貰ったんでしょうとはしゃいでいる傍で、母親は何か考え考えみそ煮をちょっとつついたきりで、あとはお葉づけでお茶漬サラサラというところがありました。その、鯖のみそ煮にお葉づけというおかずが大そう珍しく、江戸っ子がたべるのだからイキなものにちがいない、大きくなって東京へ行ったら何でもかんでも鯖のみそ煮をたべなくてはならないと決心していたのですが、さて東京へきてそれをたべて見ると、期待ほどにおいしくはなくて気ぬけがしてしまいました。しかしお葉づけは実にうまく、多分東京の菜っぱが独特の味を持っているのではないかしらと思っていますが、菜っぱといえばやはり紅葉の小説の中に、心だてはやさしいのにきりょうがわるいばかりに、理学士の旦那さんにきらわれる可哀そうな奥さんの話がありました。八百屋が御用ききにくると、奥さんの味方をする親切な女中と寄って、邪けんな夫のために何か珍しいものをとえらぶところがあります、三河島のよまきもあらばと奥さんが気をつかうのですが、読んでいて子供の私にはまるで見当もつかないのです。八百屋が持っているからには野菜にちがいないとは思うけれど、三河島のよまきは大根人じんごぼう玉ねぎ、豆やキャベツや白菜やじゃが芋や、自分の知っているあらゆる野菜のそのほかのものだと思うと、実にふしぎでたまらない。お友だちの兄さんが東京の外語へ通っていましたので、手紙を出してきいてもらったのですけれど、やっぱり知らないという返事でした。

 やや長じて、三河島というのは三河島菜の事だとわかりましたけれど、よまきというのはやはり誰にきいてもわからないのです。夜播きという事かしらと一人想像してみたり、でも夜まくとなぜ柔らかいのだろうと考えたり、東京へ出てきてからは折ある毎に八百屋でもたずね、小説を書く先生がたにもおたずねしてみたのですが、どういうものかどなたも知らないねと云われるのです。二十数年わからぬままに過ぎてきて、いまではもうそれを知ろうとは思いませんが、おなじようにわからなかった事で、露地ものという言葉があります。それも東京へ出てきてから先生がたにおききしても御存知のお方がなく、何となく心ひそかに意を強くしたおぼえがあるのですが、この頃はちゃんと新聞の家庭欄にのるようになって、知らない人の方が珍らしくなっただろうと思います。

日本の小説よりも西洋の小説の方がどうもたべものの話が多いようです。もっともこの頃の西洋の小説はどうか知りませんが、むかし読んだ翻訳ものにはお茶だとか晩餐だとか飲んだりたべたりする話ばかりあって、西洋人は何だかつまらないお菓子ひとつでも皆よって大さわぎしてたべるような気がしました。学校の帰りに友だちと二人でぶら南一条通りという目貫の町を歩いていると、ある食料品店のかざり窓に、缶詰や西洋料理のお皿やバタ入れやいろいろ目新しいものがならべてあって、その中に白いちりめん紙の四角いのにすみずみをあっさりと西洋草花など染め出したのが、巻いたり重ねたりして置いてあった。あれナフキンよと友達がいうのです。

ちがう、ナフキンはきれで出来てるものよと私が主張すると、あーらおかしいナフキンがきれだなんて、うちのお父さま東京からあれとおんなじのを買ってらしたんですもの、ナフキンは紙よ。西洋の小説をよむとナフキンにアイロンをあてたり、頭文字をぬいとってあるという事があって、きれでないものを洗濯など出来る訳がないと思うのだけれど、東京からと云う友だちの言葉は何よりも強い力で私をおさえてしまい、ちがいますって、ナフキンはきれだわと反駁する言葉に確信がなくなってしまうのでした。それでもなかなか負けないでおしまいには喧嘩別れになってしまったのですが、多分十二くらいの時だったでしょう。ガラクタを入れるたんすの中に中幅のまっしろな西洋反物が一反はいっていて、ほどいてみると浮織の模様があり、その模様の具合からどうも日本の手拭のように一枚ずつ切って使うものらしく、私は子供ごころにそれがナフキンではないかしらと考え、家へ帰って母にきくと、ナフキンなどというものは知らぬと云われました。その反物は父が、くにへ帰るふらんす人のところから買ってきたのだそうで、お父さんはふきんにしろと云われたけれど、ふきんには大きすぎるし、ふろしきには小さすぎるし、使いようのないものだと母はもてあましていたのです。

その時分からぼつぼつ、ハムと酢漬のきゅうりのサンドイッチといったものの味をおぼえたようです。テンピでかすてらやビスケットを焼いてもらうと実においしいと思ったのは、やはり西洋の小説の感化なのでしょう。日本の餡ものやお汁粉をたべたいと思った事は一度もなかったのですが、いつか長塚節氏の小説に、どこか田舎のちいさな町のちいさな医院で、暗いつりらんぷの下でお汁粉をたべながら主客が語りあうところがあって、それを読んでから時どきお汁粉をたべて見たいと思うようになりました。お汁粉をたべたあとでおしたじの黒くしみたお葉づけを手でつまんでたべるというところがあったようです。何ともいえない素朴な味でした。

長塚さんの小説には「お房」の中にも金つばの話が出てきますし「土」ではそばがきをたべるところがフウフウと湯気がたつようで忘れられません。毎日々々どんな人間でも食事はするのですから、それを書くのはごくあたりまえの話でいて、そのくせ一ばんむずかしいのではないかと考えます。それとも日本人にはやたらに人前でものをたべない習慣が残っているため、それをくどくど書く事も煩わしく思われるのでしょうか。この頃は朝々、横光《よこみつ》さんの新聞小説「家族会議」を楽しみの一つにして眼をさますのですけれど、せんだって重住《しげずみ》家の法事のところで、さてどんな御馳走が出てくるかと期待していましたのに、余興ばかりで御馳走の事はなかったので実にがっかりしました。一週間ほど、精進料理かしらそれとも普通の御馳走かなとひとりで考えこみましたが、横光さんは人物の着物の好みなどは可なりくわしく書いて下さいますので、ついでにたべものの方も読まして頂けるならと切望しております。

もろきゅう

三月初めの夜ややおそく、市ケ谷《いちがや》から塩町の方へ出る道をひとり歩いていると、そろそろ戸を閉《とざ》しかけた両側の店並の中に一軒非常に電灯の明るい店があった。店さきにみかんや林檎やバナナなど一ぱいならべてあって、それが美しく電灯に照り映えているので、初めはくだもの店かと思ってみると、奥の方にいろいろな青い野菜があって、そこは八百屋とわかった。大きな蕗の葉っぱの上に、細いきゅうりを四五本のせて奥の方の高いところにおいてある。オレンジ色のくだものを見た眼で見たせいか、その青さが突然しみいるように映ってきて、あ、あれにとろりともろみをつけてたべたいなと思わず思うと、子供のようにこくりとつばを飲みこんでしまった。我ながら意地汚なしだとひとりでふきだしたいような気持で歩いて行くと、冬の外套を着た背の高い男が向うからやってきてすれちがいざまに顔をのぞきこんで、「今晩は。いかがです」という。もちろん見も知らぬ男である。私は歩きながらにやにや笑ってでもいたのであろうか。――笑い話に他人に話す事さえ気がひける程見っともない話ではある。

家へ帰ってきて黙っているせいかだんだんもろきゅうをたべたいという慾念が強くなってゆくのであった。子供が地面に埋めたまま忘れていた銀貨を、学校の教室で不意に思い出したように、いてもたってもたまらぬ心地がする。胡瓜は今迄にもたびたび見ていたのに一向たべたいとも思わなかったのが、不意にこんなに激しくとらえられるのはやはり季節のせいであろうか。私はふしぎに春になると、必ずもろきゅうがたべたくなる。しかし大阪にいる間はそれでよかったが東京へきてしまった今ではもうどうしようもない。……

「私このあいだから、もろきゅうがたべたくってたべたくってしょうがないんだけれど」

「なんだ、そんな事で苦労してたのか。もろみぐらいわけないじゃあないか、二幸にだってどこにだってある」……

去年一ばんおしまいにもろきゅうをたべたのはメーデーの日であった。偶然その道筋を通りかかって、見物人のうしろに控えさせられ聞くともなく耳にした批評、——和服に下駄をはいた年配の男や靴下はだしの少年職工や年頃も服装もまちまちな一団がやってくると、見物人の中の青いオーバーオールを着た二人連れが「こいつら不細工なりしよるナ、エー、セルの揃いでも着てもうちっとかっこうつけてこんかい」……その、メーデーにセルの揃いという言葉がいかにも大阪の若い者らしいと思って忘れがたく頭に残っている。そんな遠い思い出でも話しあってせめてもろきゅうの事を忘れようと口に出してみると、阿呆らしいと大阪の言葉で云った方が適切な程で、もろみはすぐ手近にあったのである。で、その晩の食卓には早速私の願いがかなって清水焼の染付の平皿に瑞々しい胡瓜が二本、ぼとりと赤黒く田舎びたもろみを添えて出されてあった。その気候はずいぶんと暖かになったが、水道の水はまだなかなか冷たいので、水で洗われた、青い雫のしたたるような胡瓜をカリリと噛むと、まるで冷蔵庫へ入れておいたかと思う程清冽な冷たさが、からだの中へ沁みとおる。うつらうつら夢のさめぎわに、何かの拍子ではっと眼がさめて、あたりのものが一時にはっきりと見えた心地である。二幸で買ったもろみはかやく入りと瓶の紙に書いてあって、中には茄子のきざんだのが入れてある。大阪でなじんだもろみの味とはすこしへだたりがあるようだが、それでも私は満足であった。こんなにおいしいものをなぜもっと早く、手近にある事に気がつかなかったろうとたべながら私は自分の迂濶さをくやしく思ったが、もろきゅうというものを最初におぼえたのは大阪のたこ平とか濱作とかいう家であったために、大阪まで行かねばそれはたべられぬものと、私はあたまから思いこんでしまっていたのである。こうした迂濶さは何もたべものの事ばかりではないが、いまも二本の胡瓜を息もつかずにたべ終って、さて、ああおいしかったと余裕のできた気持で思い返すと、何の事だ、濱作はとうから東京にもあったのではないか。……だがしかしもう一度思い返してみると、もろきゅうはやはり大阪でたべる方が一ばんおいしいのではあるまいか。私にはいつまでたってもわかりにくいあのねばねばとした大阪言葉の伴奏で、あっさりと素直な胡瓜の味が一そうその淡わさを忘れがたいものにさせるのではないかと思われるからである。

味

大阪の木《き》津《づ》さんから、「調味料理栞」という御本を頂戴した。仕事に追われていそがしい最中ながら、つい読みたくて、パラパラと頁をくると、いきなり次ぎの文章が目にはいった。

料理は一座《ざ》の能《のう》の如し先づ献立は番組なり魚鳥穀菜《ぎょちょうこくさい》は役者なり撰ばずば有るべからず按排《あんばい》は能の出来不出来なり最も心を付くべし

せんだって故人となられた木津宗泉《そうせん》宗匠が、懐石料理についての蘊蓄《うんちく》を傾けられた御著書である。茶室建築で宗匠の右にいずる人がないというのは、とうから知っていたけれども、料理についても卓見を持って居らるるとは、これを見てはじめて知った。えらい人というものは、どこまでもえらいものだと、今更らのように驚かれる。

今年の二月大阪で、私ははじめて老宗匠にお眼にかかったが、七十八歳ときく宗匠の声には、凜とした響きがあって、青年のような若々しさがこもっていた。いまでも建築の図をひいておられるけれど、烏口《からすぐち》というものを一切使わず、全部墨で書かれるのだそうであった。そういう図面の、書きくずしでもいいから一枚、どうかして手に入れたいものだと、私はひそかに思ったりした。

どういうわけか私は子供の時から、紙の上に家を建ててみる事が非常に好きで、いまでも仕事の途中でゆきづまると、いつのまにか原稿用紙の上に、図をひいている事がすくなくないのである。だが私のそうやって書くのは、いつどんな場合にも、自分の住みたいと思う家であって、人を住まわせようと思う家であった事は一度もない。

随筆とは一品料理であり、小説とは会席料理であると、私はかねがね思っていた。小説も随筆も、おなじような散文の、何処に相違があるかと、人からきかれた時の答えに、そういう考えを用意していたのである。どこまでが随筆で、どこまでが小説だなどと、そんなけじめはないと云われるお方もあるけれど、小説と随筆とは、やはり何となく区別がある。一品料理と会席料理との区別がある。

木津さんの御本の、料理用語文字の部の第一に、五味《み》という字があり、甘《かん》、酸《さん》、苦《く》、辛《しん》、鹹《かん》、と書かれてある。会席料理の味の役者である。一品料理はこの中の、ただ一と味に徹すればよいけれども、会席料理はその全味をそなえて、あんばいよろしきを得なくてはならない。一つ一つの味が己れを主張せず、ワキ、シテ、いずれも分を心得て、相手を活かすように動かなければならない。

それについて思い出されるのは、この青葉の頃、堀越夫人のお茶事に招かれて、鎌倉の別邸でいただいた懐石の味である。折からの梅雨空もようよう晴れていって苔の色に明るく陽のすきとおるような昼間であったせいかもしれないが、運ばれる御馳走のかずかずが、ただもう、すらすらと舌の上をすべっていって、ああおいしかったとばかり、あとになって、お汁は、強肴《しいざかな》は、さて何であったろうと、いくら考えても思い出せない。恍惚とした後味が残っているだけで、近頃このような御馳走は、あとにもさきにもたべたおぼえがないのである。

人と会ったあとで、あの人はいいお召を着ていたとか、しゃれた結城を着ていたとか云われるようでは、まだ至らない。何だか忘れたけれども、とてもしっくりした服装であったと思わせてこそ、ほんとうの通なのだと、いつか教わった事があるけれども、そういう理窟は料理の方もおなじわけで、いちいちおぼえはないが、とにかくおいしかったと思い出させるのが、ほんとうの庖丁人なのであろう。堀越邸の懐石は、せいさんとかいうお人ときいたが、べつにびっくりするような材料をそろえてあるわけではなかった。

味とはもともと主観的なものであって、自分だけがおいしいと思っても、他人はそれほどでもない場合が、なかなか多いものだけれども、この時の御馳走は、お客の全部が声をそろえて嘆賞したので、私一人の独断ではないのである。自分一人の舌をたよって、天下にかかる珍味はないと吹聴しても、それをみとめる人数がなければ、それはちょうど、自分で自分の文章を、これほど立派なものはないと威張ってみせても、誰も追随してくれなければ、何の権威もないのとおなじ事で、ほんとうのうまい味は、やはり万人に通ずるものでなくてはならない。

あるうまいもの屋の主人の話に、ほんとうの美食は塩鮭に茶漬、田舎の沢庵に香り高い番茶などに帰結すると語った記事を、ある雑誌で見たが、塩鮭に茶漬の味よりほか知らない人がそれを読んで、さては自分は生れながらにして天下の通人かと、合点するのはあたらない。私なども石狩川のほとりに生れて、鮭ばかりたべて育った身なので、お茶漬よりも冬の日のカチカチ凍った御飯を大鍋の煮湯《にえゆ》にくぐらせたお湯漬《ゆづけ》でしおびきの方が、もう一段おいしいと云いたいところだけれども、そういう言葉が云えるほど、ほかにうまいものをたべているわけではないので、うらみを残して口をつぐむ次第である。だが、いつかはそれが云えるようになってみたい。

何をたべたか忘れたけれども、とにかくおいしかったと思わせる、天衣無縫の庖丁が使えるまでには、甘酸辛苦の一ト味、一ト味に、なみなみならぬ苦労をかさねて、いずれの味にも徹した上で、さてそれを一度すっかり洗い落して、日常茶飯の素朴な気持に立ち返って庖丁をとるのであろう。あらゆる味を、くぐりぬけてきた鮭の茶漬である。

一品料理の随筆を、コツコツ書いている私も、いつかは渾然とした懐石の小説を、つくってみたいものだと思うのである。小ぎれいなうまいもの屋は、しゃれているかもしれないけれども、献立の選択をお客に任せるのであって、自分が相手を支配するわけにはいかないのである。料理は一座の能の如しと木津さんの書かれたのは、もちろん懐石にきまっていて、さればこそ献立がいの一番に挙げられてある。懐石の味は、味に支配されず、甘酸苦辛鹹を、献立にしたがって駆使するところにある。

味噌の味

一昨年、欧羅巴へはじめて旅行して、意外に感じたのは、在留邦人のすべてが、日本食をなつかしんでいることだった。大ていの家庭が、晩はかならず日本食というきまりになっているし、その中でも味噌汁とおとうふは、ごちそう中のごちそうという事になっている。

ああ味噌汁、ああお豆腐、と話が出ただけで眼の色が変るような印象を受けた。

よく考えれば、それは当然の話であって、遠い外国にいてふるさとのたべものにあこがれないのは、故国を持たないのとおなじことになるかもしれない。ただ私は日本にいる時から、お豆腐や味噌汁にあまり縁がないので、……というのは、その二つがきらいなので、うちでお豆腐の味噌汁をつくる時は、私のぶんだけべつの実を入れるというしきたりになっているので、パリの空で味噌汁とお豆腐礼讃をきかされた時には、いささか度ぎもをぬかれたのであった。森田さん、あなたなんかさぞたべたいでしょうねといわれて、いいえと答えると相手の方の気持を傷つけるようで、返答に困った。きらいですとはどうしてもいえない空気であった。

うちでは朝がパン食で、ひるがうどんその他で、一日のうちに白い御飯をたべるのは、晩の食事のときだけで、したがって味噌汁もその時以外たべる折がないけれど、それが殆どコンソメとサラダ、肉のはいった一ト皿という風になっているので、味噌汁を吸う機会は、数えるほどしかない。

若い時分は味噌汁が好物の一つであった。夏の朝でもわざわざつめたくした味噌汁をつくったり、秋になれば帝劇の、たしか東洋軒が経営していた食堂で、おべん当に添えて出すさつま汁の椀、鶏とごぼうと玉ねぎに、松茸のはいるのがうれしくて、お芝居よりもその方をたのしみに出かけて行ったりした。御茶席で懐石をごちそうになっても、お煮物よりお汁の方が好きだったのに、いつ頃から興味を失ったのか、ふり返ってみるとどうやら戦争で、お味噌がまずくなって以来、しぜんに食味がかわってきて、味噌汁ばかりでなく、一般の日本料理から遠ざかるようになったらしい。

老齢はふるさとの味をなつかしむと云われている常識にそびらを向けて、私は老年とともに古来の食味から離れていくような心地がする。毎日ビフテキをたべて飽きないようになったのも戦後のことで、これも戦争ちゅう醬油のおいしいのがなくなったことに起因するが、お味噌もおしたじも、昔と変りなく出まわるようになっても、私の舌だけはもうあとへ戻らない。このあいだも金森先生から、あなたのたべものに関するものを読むと、実に繊細な感覚の持主なのに、それでビフテキが好きとはわけがわからないというお言葉を頂いたが、繊細な感覚といわれて頰があかくなった。日本料理のキメのこまかさが、ほんとうにわかる舌は持っていないので、荒っぽいビフテキの方が口にあうのかもしれないのである。

パリでお会いした湯浅年子さんが、私を中華料理の店へ案内して下さり、あいにくその店が休みだったので、ひじょうに残念がった末に、ふと気がついたように云われた。

「まあ。自分が日本のたべものを恋しいものだから、ツイ御飯のある中華料理へ御案内しましたけれど、日本からいらした方には、ふらんす料理の方がよかったかもしれませんね」

ええ、そうなんですと私も率直に答えて二人で笑い出したが、日本の人はみんな日本料理をごちそうして下さるので、半年の旅のあいだに、一度も、早く日本へかえってお茶漬がたべたいなどと思ったことはなかった。まして味噌汁の味など、念頭をかすめた事さえない。

パリ、ロンドン、デンマーク、スエーデン、フインランド、それからドイツ、ウイーン、チューリヒ、パリとまわって、二度目にロンドンへ行った時、船便の食料品が届いていた。大使館からもらってきて、夜のおそいホテルの部屋でただ一人、その包みをほどいていると、缶詰や焼海苔のあいだにまじって、何か、ビニールに包んだ、ひどく香ばしい匂いのするものが出てきた。どっしりと重たく、包みの上に黒っぽい汁がにじみ出ているところをみると、どうやら塩昆布でもあるのだろうか。ぽったりと醬油を煮つめたようなその匂いに誘われて、大急ぎで包みをほどくと、中から出てきたのは三州味噌、……味噌汁の恋しい御家庭にあげるため、頼んだことを思い出した。

そのお家はロンドンとパリと二軒あるから、お味噌も二つにわけねばならない。いろいろ考えた末、ビニールのままナイフでまん中からずばりと切った。とたんに形容しがたい香気が部屋一ぱいにひろがった。私はナイフの先についた味噌をちょっとなめてみた。滋味あふるる、……そんな感情がどっとふきあがってきて私は思わず涙をこぼしたのである。

つまみ喰い

年越しと正月のごちそうの支度で、台所がごった返している時、子供たちは座敷からちょっちょっと出かけて行って、大人の監視のすきをねらって何かつまむ。きんとんのころもに指を突込み、黒豆を一ト粒、口に放りこみ、そのあとでなますをつまむ。

ときには伊達巻の一ト切れを首尾よくかすめとって、意気揚々と座敷へ凱旋《がいせん》する。

「なんて意地が汚ないんでしょう、この子たちは…いますぐ、飽きるほどたべさしてあげるのに」

母の嘆きをよそに、ほんの一ト粒の豆や、一トつまみのなますに、この世のものならぬ美味を感じた経験は、私一人ではないであろう。つまみ喰いというものは、どうしてあんなにおいしいのか。指でつまむせいか。

それとも人のすきをねらってするスリルが味を強めるのか。

そのどちらでもあろうが、重点はやはり指の方にかかっているように思われる。指でつまむたべもののうまさは、——たとえばすしやの板前で、眼の前で握ってくれたとろなり、赤貝なりを、皿にのせて、お箸で下地につけてたべるのと、いきなり指でつまむのと、その味には天地の差がある。……と云っては大げさすぎるが、指で握ったものをすぐ指に受けてたべるのは、相手の気持がじかにこちらに伝わってくることで、箸をつかってはもうそこに邪魔がはいる。

いまはもう十五年ほど前の、むかし話になってしまったが、箱根の山のホテルで夏を過していたおなじ宿へ、大阪のいせやと云えばすっぽん料理で聞えた家の、女あるじ、桐山いせ女も泊りあわせて、避暑地のつれづれ、いせ女が腕をふるって、おすしを握ってあげましょうという事になり、材料を小田原からとりよせ、あわび、まぐろ、穴子も揃えて、一夕、握りずしの会をたのしんだ事があった。

そのおすしの味はいうまでもないが、終ってから彼女は、私の夜食のためにおむすびをつくっておいてあげるという。

「何時ごろたべはります?」

時間によって握りかたがちがうというので、そんな器用なことがと笑ったが、実際にそのおむすびを、指定の時間にたべてみると、炊きたての御飯のようなやわらかさなのに、掌にうけておむすびはすこしもくずれない。

何という軽い握り方をしたものだろうと驚嘆したが、こういう修業は、一朝一夕にできることではなく、たべる方もそれをお箸で割ったりしては、人の心を無にしてしまう。文明とは、何と人と人の心にへだてをつけるものかと思う。むかしパリの食卓には、ナイフはあってもまだフォークはなく、王侯貴族もすべて手づかみでたべていたのに、イタリーのメジシ家から、アンリ二世の王妃として嫁いだカトリーヌ姫が、数十人のコックとともにフォークも輸入したと、何かの本で読んだが、呪われてあれ、フォークよ、箸よ。

おとし欧羅巴へはじめて旅行して、秋のパリの町を、棒パンの先きをかじりながら歩く人、道ばたのくだものやで買ったぶどうを、そのまま口へ入れて歩く人の多いのに驚いたが、おなじぶどうが正式の宴会では、よく洗われて皿に盛られ、その一ト粒一ト粒をナイフとフォークで皮をむいてたべねばならぬ事に一そう驚かされた。そういう上流人は、つまみ喰いの味は知らないのであろうか。

……そうでもあるまい。彼等は恋のつまみ喰いについては、世界のエキスパートであるだろうから。

味じまん

生まれた国の味覚自慢はたのしいものである。さて、何から書こうかしら。アンデルセンの「十二ケ月の客」のように、一月から順々に書いてゆくのもよいけれど、ちょうど秋の季節だから、九月ごろからはじめるのがよいかもしれない。

林檎は夏林檎という、白い肌に仄かにうす紅のさした、香り高いやわらかい果肉のものが終って、「なかて」の季節である。「なかて」は小粒のひきしまった林檎で、表皮は青と紅がくっきりと雲形にわかれており、酸味が強い。札幌から汽車で十五分ほどの軽《がる》川《がわ》という土地に、相当大きな林檎園があって、子供の時、私は三年あまりそこに暮したので、林檎は枝に実っているのを、そのままがぶりとかぶりつくのが一ばんおいしいと知っているが、夏林檎からかこい林檎まで、何種類かの中で、私はこの「なかて」のすっきりした味が一番好きであった。近じょに住む玄人あがりの女の人が「まあ、この嬢ちゃんはなかてが好きだなんて。……大きくなってから身が持てませんよ」と云った事があるが、たぶん「なかて」の味は粋とか意気とかに通じるものがあるのであろう。その酸味の妙を解しない他国人には受けないらしく、東京へは出荷していない。札幌で、しかも九月のあいだだけ味わえる林檎である。

おなじように、札幌でだけ味わえる木の実に「こくわ」というのがある。藻岩山の裏山、熊の棲むところでとれる。熊は山ぶどうやこくわを掌でつぶして、お酒をつくるそうである。親指のさきほどのやや長めなつぶら実で、色はうすみどり。やわらかく、口にふくむとぐしゃりと舌の上でつぶれて、とたんに芳醇なリキュールの匂いが口中一ぱいにひろがる。甘さの底に一点舌をさすところがあって、それがカクテルのビターのように味をひきたてる。いつの年であったか、札幌からわざわざこの青い実をとどけて下すった方があり、まだ、堅かったので味もしぶく、これが御自慢のこくわですかと家の人たちに揶揄《やゆ》されて悄気《しょげ》ていたところ、数日経って突然食堂いっぱいにリキュールの香が匂いたって、皆々啞然《あぜん》とした事があった。熟すと同時に半ば酒の部類にはいってしまうらしい。あけびのような強いつるに実るのだときいているが、そのつるを見た事はない。

こくわの熟れる頃になると、北海道の空は水晶のようにすきとおって、碧玉の深さを増す。あの空の澄んだ色は、内地のどこでも見られない。じっとみていると、自然にひざまづいて何かに祈りたくなるような碧さである。野にはななかまどが鮮やかな紅を点じ、イタヤモミジの大きな葉が黄ばみ、うるしが赤い。そろそろ鮭がとれ出す。

三十数年前、噴火湾のほとりの八雲という土地に、農場ともいえぬほどちいさな農場があって、夏から冬までそこに過したことがあった。農場といえば体裁がよいが、植わっているのはじゃがいもだけで、つまりじゃがいも畑である。その頃は大へんな澱粉《でんぷん》景気で、父は北見の方にあった薄荷畑と、じゃがいも畑を取替えたのであった。

一たいに北海道の百姓は、農作業で相場をする風習を持っている。こてぼという白い小豆のような豆、これがアメリカの相場であたると一躍成金になる。北海道の豆はすべて美味で、小豆も黒豆もうずら豆も、東京へ出てきてそのまずいのに驚いたくらいだが、こてぼは輸出用の最高であるらしかった。だがこの豆はひじょうに風に弱いので、秋に、颱風にやられると一トたまりもない。冒険をおそれる人たちは、もっぱら澱粉の方に力を入れた。

じゃがいもは、丸焼にするとほっかりと粉をふき、色はあくまで白くて、十分なあまみがあった。冬の炉端で丸焼きにして、やけどするような熱いのを二つにわり、バタをつけて喰べるのは子供のときのたのしみの一つであった。夏はとうもろこしを焼いたり、またはゆでてバタをつけて喰べる。札幌十二行という、農科大学でつくった新種は、一尺あまりの長さに、見事な粒がずらりと揃っていて、その味も一トきわすぐれていた。とうもろこしと弟たりがたく兄たりがたいものに、かぼちゃがある。大きく切ったのを鉄鍋に入れ、キャベツの葉をふた代りにして、自在にかけて蒸煮にする。北海道の子供は、夏のあいだじゅうとうもろこしとかぼちゃで育つ。お米なんておかしくってといううくらいのものである。生みたて玉子をポンポンわって、新鮮なミルクでといて、さっとオムレツに焼いて、夏ならばキャベツのせんぎり、秋は玉ねぎをバタでいためてつけあわせる。これも内地の子供の知らない牧歌的な味である。

噴火湾の話が野菜の方へそれてしまったが、広重の絵にあるような深いあいいろの、この静かな内海でとれるものに、五寸あまりの鮎のような形の鯖と、三寸ほどの肉のうすいまっしろな烏賊があった。二つとも九月の末、掃いて捨てるほど、どっと浜辺に打ちあげられてくる。誰が拾ってもかまわないので、めいめい大きなバケツを提げて拾いにゆく。

烏賊はちいさいながら甘味がつよく、生干しにして焼いてたべると実にうまかった。鯖はうす味で煮てたべもするが、大ていは素焼きにして、わらで編んで干しておく。そうして冬ごもりの雪の日に、大根などと取合せて煮ると、まったく何ともいえずおいしかった。北海道の人は、食料のすべてを、冬に備えて貯蔵するが、また、海の方でも親切にこんな小鯖を提供してくれる。これがだんだん本州へさがってくると、あぶらものり、大きくもなって、千葉あたりでとれる秋鯖となるのだそうである。私は大きな鯖は好まず、八雲の浜の鮎のような鯖をなつかしく思うのは、身びいきの一つであろうか。八雲の浜ではそのほか、昆布も流れ寄り、帆立貝、ホッキ貝などもとれるが、圧巻は毛蟹、——一名木像蟹ともいい、甲羅に人間の顔のような刻みがあって、脚に毛の生えた蟹である。おしゃまんべという駅で、茹でたのを売っているが、これは内地のどこの蟹にくらべてもひけをとらない。全日本コンクールで第一位の栄冠を得るに足るミス毛蟹だと確信する。残念なことにはひじょうにくさりやすくて、飛行機輸送なればとにかく、ふつう便では冬でも味が落ちてしまうから、北海道まで行ってたべてもらうより仕方がない。

今年の六月、亀井勝一郎さんと、ある料亭で同席し、出された鮎の塩焼をたべてしまってから、亀井さんの云われるには、

「森田さん、どうですか。僕は鮎の塩焼なんて、うまくも何ともないと思うのだが、出されてたべないのもへんなものだから、たべますがね、このあいだ長良川《ながらがわ》の鵜飼見物に行ったら、石坂洋次郎君が、鮎の方見向きもしないで、どこかに塩びきはないかねと云って、鮭の切身を買ってきてもらって、それで茶漬をたべていましたよ」

「まあ、亀井さんも鮎には興味がおありにならないんですか」

私は思わず笑い出したが、東北、北海道生まれの人間には、鮎よりも鮭の方が、はるかに美味に感ぜられるのは、やはり子供の時から舌になじんだものの方に、惹かれる力が強いのであろうか。だが、鮎の塩焼は生ぐさいが、鮭は生ぐさくない。あんなにほっそりと、容子のいい川魚が生臭くて、大きな鮭に魚臭がないというのは、ふしぎな事である。

鮭は石狩のぶち鮭を第一とする。とれたてを素焼にして、大根おろしをそえ、醤油でたべる。うすべにいろの鮭のみが、牡丹の花びらのように一トひら一トひらほぐれてきて、その舌ざわりは何ともいえない。はらら子のすぢ子というのを、大根でしごいて一ト粒ずつとし、やはりおろし醤油につけておいて、炊きたての御飯にかけてたべる味は天下一品であろう。すじ子はキャビアローズと云われ、洋食では高価なものだが、ほんもののイクラは、鮭が卵を生んだ瞬間しゃくい上げるのだとかきいた。背中のちあいのところを塩辛にした、メフンというのも酒飲みの絶好の伴侶である。これもほんものはすくなく、はらわたなどでつくったのが一般に幅をきかせているらしい。昨年の冬、小樽の海陽亭から自家製のメフンをもらい、その微妙な味にたんのうした。自分の家でつくると、鮭のくん製も、ロンドンあたりのものとおなじような、やわらかなまぐろのようなのができるけれど、製法は殆ど誰も知らないようである。

石狩鍋というすきやき風のもの、アラを煮こんだ三平汁などいうのもあるが、鮭は煮るより焼く方がよく、あらまきの皮を焼いて、四角に切って甘酢でたべるのは酒の肴によい。あたまの軟骨を酢につけておいて、お正月のなますに入れるのはどこの家でもやるが、鮭の切身を麹と御飯と大根キャベツなどと漬けこんだ押しずしは、上手下手があって一般家庭ではできないようである。

吹雪の吹きつのる二月ごろ、塩鮭の切身を入れた粕汁をつくる。ホカホカとからだのしんからあたたまってくるような気がする。そのころはまた、御飯も大てい凍ってしまうので、お昼には湯づけをたべる。炉にかけた大鍋に湯をたぎらし、凍った御飯をさっとくぐらせお湯をたっぷりかけてたべる。湯づけのおかずは塩びきと鰊漬にきまっていて、このうまさは、味わった事のない人には、いくら語ってもわかってもらえそうにない。

身欠鰊と大根キャベツを麹で漬けた鰊漬、北海道の漬ものの王様である。春三月は鰊の季節、これもとれたてを素焼にして、おろし醬油でたべるが、数の子はプチプチと歯のあいだに鳴り、白子は舌の上にとける。

苺、さくらんぼ、グースベリー、札幌ビール、バタ、海鼠や鱈やひらめや鰈などに筆の及ばぬうち、紙数がつきてしまった。蕎麦のうまさも忘れてならぬ一つであったのに。……

編集付記

一、本書は『ふるさとの味』（一九五六年　講談社）を底本とし、『ゆき』（一九五六年　美和書院）より「味噌の味」「つまみ喰い」「味じまん」三編を増補して文庫化したものである。

一、底本中、明らかに誤植と思われる箇所は訂正した。また、新字・新仮名遣いに改めた上、適宜ルビを追加した。

一、一部の外来語の表記については、現在の一般的な表記に改めた。

一、本書には、今日の人権意識に照らして不適切な語句や表現が見受けられるが、著者が故人であること、執筆背景と作品の文化的価値を考慮し、底本のままとした。

中公文庫

随筆《ずいひつ》　ふるさとの味《あじ》

2025年3月25日　初版発行

著　者　森《もり》田《た》たま

発行者　安部順一

発行所　中央公論新社
〒100-8152　東京都千代田区大手町1-7-1
電話　販売 03-5299-1730　編集 03-5299-1890
URL https://www.chuko.co.jp/

DTP　嵐下英治
印　刷　大日本印刷
製　本　大日本印刷

Published by CHUOKORON-SHINSHA, INC.
Printed in Japan　ISBN978-4-12-207634-1 C1195

中公文庫既刊より

各書目の下段の数字はISBNコードです。978－4－12が省略してあります。

い-110-2
なにたべた？ 伊藤比呂美＋枝元なほみ往復書簡
伊藤比呂美
枝元なほみ
詩人は二つの家庭を抱え、料理研究家は二人の男の間で揺れながら、どこへ行っても料理をつくっていた。二十年来の親友が交わす、おいしい往復書簡。
205431-8

い-110-5
ウマし
伊藤比呂美
食の記憶（父の生卵）、異文化の味（ターキー）、偏愛の対象（スナック菓子、山椒）。執着し咀嚼して、胃の腑をゆさぶる本能の言葉。滋養満点の名エッセイ。
207041-7

い-116-1
食べごしらえ おままごと
石牟礼道子
父がつくったぶえんずし、獅子舞にさしだした鯛の身。土地に根ざした食と四季について、記憶を自在に行き来しながら多彩なことばでつづる。〈解説〉池澤夏樹
205699-2

う-1-4
味な旅 舌の旅 新版
宇能鴻一郎
芥川賞作家にして官能小説の巨匠。唯一無二の作家が、日本各地の美味佳肴を求めて列島を縦断。貪婪な食欲と精緻な舌で綴る味覚風土記。〈巻末対談〉近藤サト
207175-9

し-31-7
私の食べ歩き
獅子　文六
日本で、そしてフランス滞在で磨きをかけた食の感性と、美味への探求心。「食の神髄は惣菜にあり」との境地を綴る食味随筆の傑作。〈解説〉高崎俊夫
206288-7

た-46-9
いいもの見つけた
高峰　秀子
歯ブラシ、鼻毛切りから骨壺まで。高峰秀子が選び抜いた身近な逸品。徹底した美意識と生活の知恵が生きた、豊かな暮らしをエンジョイするための本。カラー版。
206181-1

た-24-4
ほろよい味の旅
田中小実昌
好きなもの――お粥、酎ハイ、バスの旅。「味な話」「酔虎伝」「ほろよい旅日記」からなる、どこまでも自由で楽しい食・酒・旅エッセイ。〈解説〉角田光代
207030-1